文治
© wénzhì books

更好的阅读

胰脏物语

君の膵臓をたべたい

［日］住野夜 著
丁世佳 译

图书在版编目(CIP)数据

胰脏物语 /（日）住野夜著；丁世佳译. -- 广州：花城出版社，2023.3（2025.6重印）
ISBN 978-7-5360-9881-7

Ⅰ. ①胰… Ⅱ. ①住… ②丁… Ⅲ. ①长篇小说—日本—现代 Ⅳ. ①I313.45

中国国家版本馆CIP数据核字(2023)第017065号

合同版权登记号：图字19-2022-187号

KIMI NO SUIZO O TABETAI
© Yoru Sumino 2015
All rights reserved.
Original Japanese edition published in Japan in 2015 by Futabasha Publishers Ltd., Tokyo.
Simplified Chinese translation version published by Beijing Xiron Books Co., Ltd.
Under licence from Futabasha Publishers Ltd.
装幀：劇場版アニメ『君の膵臓をたべたい』キービジュアル
© Yoru Sumino/Futabasha Publishers Ltd 2015
© Pancreas Anime Film Partners All rights reserved.
中文译文编译来源为悦知文化

出 版 人：张懿
特约监制：潘良　于北
产品经理：刘烁　何青泓　茍新月
责任编辑：欧阳佳子　刘玮婷
特约编辑：朱韵鸽
责任校对：梁秋华
技术编辑：凌春梅
版权支持：冷婷　郎彤童　李泽芳
封面设计：尚燕平

书　　名	胰脏物语 YIZANG WUYU
出版发行	花城出版社 （广州市环市东路水荫路11号）
经　　销	全国新华书店
印　　刷	三河市中晟雅豪印务有限公司
开　　本	880毫米×1230毫米　32开
印　　张	7　1插页
字　　数	160,000字
版　　次	2023年3月第1版　2025年6月第18次印刷
定　　价	48.00元

本书中文专有出版权归花城出版社独家所有，非经本社同意不得连载、摘编或复制。
如发现印装质量问题，请直接与印刷厂联系调换。
购书热线：020-37604658　37602954
欢迎登录花城出版社网站：http://www.fcph.com.cn

我同班同学山内樱良的告别仪式，是在一个跟她完全不相配的阴天举行的。

一定有许多人流泪。证明她并没有白活一场的葬礼，以及前一天晚上的守灵仪式，我都没有去。我一直待在家里。

幸好唯一可能会强迫我出席的同班同学已经不在这个世上了，老师和同学的双亲既没有权利，也没有义务叫我去，于是我就尊重了自己的选择。

我是高中生，本来就算没人叫我，也必须去学校，但多亏她死在假日，让我得以不用在天气不好的时候出门。

我父母都要工作，我送走他们以后随便吃了一点儿早餐，就一直窝在自己房间里。要说此举是因为失去了同班同学而感到寂寞空虚，事实却并非如此。

只要不被这位女同学叫出去，我从前就喜欢在假日时窝在自己的房间。

我在房间里的大部分时间都在看书。我不喜欢实用指南和自我启发类的书籍，只看小说。我倒在床上，脑袋或下巴抵着白色的枕头，阅读文库本。精装本太重了，还是文库本比较好。

我正在看的书是以前跟她借的。她不太看书，这是她这辈子接触到的最棒的一本。我借来之后一直放在书架上，本来想着要在她死前看完还给她，却没来得及。

来不及也没办法，只好等我看完后再拿去她家还了。那个时候再跟她的遗照告别就好。

我在床上把那本剩下一半的书看完时，暮色已经低垂。我没有拉开窗帘，只靠日光灯的光线看书。直到手机响起，才发觉时间已经过了许久。

电话是母亲打来的，并没有什么特别的事。

最初两通我不予理会，但她继续打，我想应该是跟晚饭有关，就接通了。母亲要我先把饭煮好，我回答说"我知道了"，然后挂断了电话。

把手机放在书桌上之前，我突然意识到一件事——我已经两天没有碰这台机器了。并不是刻意回避，只是不知怎么没碰。这样说好像有什么意味深长的含意，但我只是忘了看手机而已。

我的手机是折叠式的。我掀开手机盖，点开收件箱查看短信。一则未读信息也没有。说起来这也是理所当然。接着，我查看已发送的信息。那里可以看到通话以外的最新使用记录。

就是我传给同班女同学的短信。

只有一句话的短信。

我不知道她有没有看到。

我本来想离开房间去厨房的，结果又趴在床上。我在心里反复咀嚼着我发给她的那句话。

　　不知道她看到了没有。

　　"我想吃掉你的胰脏。"

　　要是看到了，她会怎么想呢？

　　我左思右想，不知不觉就睡着了。

　　结果饭是母亲回家后煮的。

　　或许我在梦中见到她了也未可知。

1

"我想吃掉你的胰脏。"

学校图书馆的书库。

图书委员的工作就是在灰尘满布的空间里检查书架上的书籍排列顺序是否正确。我正认真地执行图书委员的任务时,山内樱良突然说了这句奇怪的话。

我本来不想理会的,但这里只有我跟她两个人,说是自言自语也未免太惊悚了,这句话果然还是对我说的吧。

她应该正背对着我检查书架。没办法,我只好回应她。

"你突然成了食人族吗?"

她深吸一口气,被灰尘呛了一下,然后开始兴高采烈地解释。我并没有望向她的方向。

"我昨天在电视上看到的,以前的人要是身体哪里不好,就吃其他动物的那个部分欸!"

"所以呢?"

"肝脏不好就吃肝脏，胃不好就吃胃。他们好像相信这样就可以把病治好哦。所以我呢，想吃你的胰脏。"

"这个'你'，难道是指我吗？"

"要不然还有谁？"

她咻咻地笑着，似乎也正继续工作，没有看向这边。我听见精装本被拿出来又放回去的声音。

"我小小的内脏，没法背负拯救你的重大任务啦。"

"好像压力大到胃都要痛了的样子。"

"所以找别人吧。"

"要去找谁？就算是我也不觉得能吃家人啊。"

她又咻咻地笑起来。我可是在面无表情地认真工作，真希望她能向我看齐。

"所以只好拜托'知道秘密的同学'啦。"

"你就没有考虑到我也可能需要我的胰脏吗？"

"反正你根本不知道胰脏是干吗用的——"

"我知道哦。"

我知道。我曾经查过这个很少听说的脏器。当然，是因为她。

我听到她在我背后的呼吸和脚步声，好像很高兴地转过身来了。我仍旧面向书架，只很快瞥了她一眼。我看到了一个脸上滴汗、挂着笑容，完全不像是马上就要死掉的女孩子。

在这个全球变暖的时代，已经七月了，书库的冷气还一点儿都不冷。我也满头大汗。

"难道你查过了？"

她的声音太咄咄逼人，我没办法，只好回答。

"胰脏调整消化和能量的生产。比方说，生产胰岛素，将糖转化成能量。要是没有胰脏，人无法得到能量就会死掉。所以我没法请你吃我的胰脏。抱歉了。"

我一口气说完，继续做事，她哇哈哈哈地笑出声来。我以为自己的笑话很高明，正有点儿得意，却好像不是这么回事。

"什么啊，原来知道秘密的同学对我还是有兴趣的呀。"

"……那自然，罹患重病的同班同学真是太有意思了。"

"不是这个，我本人呢？"

"……很难说。"

"这算什么啊？"

她一边说，一边又哈哈哈地笑着。一定是热得肾上腺素过剩，脑筋坏掉了吧。我很担心同班同学的病情。

我们默默地继续工作，直到图书馆的老师把我们叫过去。

原来图书馆闭馆的时间到了。我在检查完毕的地方，将一本书稍微抽出来做标记，四下确定没有忘记东西之后，走出书库。从闷热的房间出来，流汗的身体被图书馆里的冷气吹到，我不由得发起抖来。

"好凉快！"

她愉快地转了个圈，走到图书馆柜台后面，从书包里取出毛巾擦脸。我垂头丧气地跟在她后面，也走到柜台后方擦汗。

"辛苦了。图书馆已经关门了，你们不用着急。来吧，喝茶、吃点心。"

"哇！谢谢老师！"

"谢谢老师。"

我喝了一口老师端来的冰麦茶，环视图书馆内。确实没有半个学生。

"点心好好吃。"

她对一切都积极正面地应对，早就坐在柜台后面的椅子上休息了。我也拿了一块点心，把椅子移到跟她有点儿距离的地方坐下。

"下星期就要考试了，对你们俩真不好意思。"

"不会，不会……没关系的。我们两个成绩一直都不错啦。对不对？知道秘密的同学。"

"只要上课听讲了就好。"

我随便应了一句，咬了一口点心。真好吃。

"你们俩都已经考虑过要上大学了吗？山内同学呢？"

"我还没想过呢……是还没想，还是已经想了呢……"

"乖学生呢？"

"我也还没。"

"这样不行哦，知道秘密的同学非得好好考虑不可。"

她一边伸手拿第二块点心，一边管我的闲事。我不予理会，喝了一口麦茶。这是普通市面上售卖的麦茶，因为味道很熟悉，所以好喝。

"你们俩都要好好思考未来才行。一个不小心就会到我这个年纪了。"

"啊哈哈哈哈，不会那样的啦……"

"……"

她跟老师都开心地笑着。我没有笑，一口吃进点心，用麦茶冲下去。

7

她说得没错。不会那样的。

她不可能活到跟四十几岁的老师同样的年纪。在场的人只有我跟她知道，所以她笑着对我使眼色。简直像是美国电影里，演员一边说笑话一边眨眼似的。

只不过话说在前头，我并不是因为她的笑话太过轻率，所以才笑不出来；而是她那种"我说的话很有趣吧"的得意模样让我不爽。

我不高兴的样子好像让她有点儿不甘心，她用严峻的目光望着我。我看见她的眼神，这才让嘴角稍微往上扬。

我们在闭馆后的图书馆待了约三十分钟，然后准备回家。

走到鞋柜处的时候，已经是傍晚六点了。外面传来仍在明亮阳光下努力运动的社团成员的声音。

"书库好热。"

"是啊。"

"明天也做那个吧……不过，明天来学校也放假呢……"

"是啊。"

"……你在听吗？"

"在听啊。"

我把便鞋换成乐福鞋，从两边都是鞋柜的门口走出去。学校大门在校舍门口前方，操场在校舍后方，棒球队和橄榄球队的声音渐行渐远。她发出嗒嗒的脚步声，特意加快速度跟我并肩前进。

"没人教你要好好听别人说话吗？"

"教了啊，所以我在听。"

"那我刚才说了什么？"

"……点心。"

"看吧,根本没有在听!不可以说谎!"

她像幼儿园老师一样斥责我。以男生来说我算矮的,以女生来说她算高的,我们身高几乎一样;不过被比自己略矮的人斥责挺新鲜的。

"对不起,对不起,我在想事情。"

"嗯?想事情?"

她原本不悦的脸一下子露出豁然开朗的表情,兴致勃勃地盯着我瞧。我稍微抽身,略略点头。

"对。我一直在想,而且是认真的。"

"哦……到底是什么事?"

"你的事。"

我并没有停下脚步,也没有望向她,刻意不要造成戏剧性的气氛,尽量像平常一样谈话。要是她认真起来应该会很麻烦。

"我?哎,什么啊……爱的告白?哇!好紧张!"

"……不是的。是那个。"

"嗯。"

"剩下不多的生命,花在整理图书馆上,真的好吗?"

我非常随意的问题让她疑惑地把头歪向一边。

"当然好啊。"

"我觉得并不好。"

"是吗?那你说,我该做什么?"

"比方说,跟初恋的人见面啊,到国外去搭便车旅行,决定最后的葬身之地之类的。你总有想做的事吧?"

这次她把头歪向另外一边。

"嗯……我也不是不明白你想说什么啦。比方说，知道秘密的同学也有想在死前做的事，对吧？"

"……也不是没有……吧。"

"但是现在并没有做，不是吗？你跟我，明天都说不定会死啊。从这点来说，我们并没有什么不同，真的。一天的价值都是一样的，做了什么事之类的差别并不能改变我今天的价值。今天我很开心。"

"……原来如此。"

或许真是这样没错。我虽然不甘心，也不得不承认她说得对。

她在不久的将来会死，我也跟她一样，总有一天会死。虽然不知道是什么时候，但未来是确定的。我甚至有可能比她先死。

对死有自觉的人，果然说出来的话就有相当的深度。跟我并肩而行的她在我心中的评价稍微上升了一点儿。

当然，对她而言，我的评价完全无关紧要。喜欢她的人很多，她根本没有时间搭理我。穿着足球队制服从校门口方向跑过来的男生看见她立刻脸色一亮，就是明证。

她好像也注意到跑过来的男生，轻轻举起手来。

"加油！"

"辛苦啦，樱良！"

和我们擦肩而过的足球少年带着爽朗的笑容跑开了。他确实也跟我同班，却连看也不看我一眼。

"那家伙……竟然无视知道秘密的同学。明天得教训他一下。"

"没关系，啊，不对，不要跟他说。反正我无所谓。"

我真的不在乎。我跟她是完全相反的两种人，所以同班同学对待我和她的态度也截然不同，这是无可奈何的。

"真是的……你就是这样,所以才没有朋友啦!"

"虽然是事实,但不劳你费心。"

"真是的……你就是这样!"

说着说着,我们已经走到校门口。学校在我家跟她家之间,我们方向相反,我得在这里跟她分手了。真可惜。

"拜拜啦。"

"我刚刚说的话——"

我正毫不犹豫地要转身时,她的话让我停下。她的脸上露出恶作剧一般愉快的表情。我觉得我脸上的表情绝对称不上愉快。

"一定要这样的话,我仅存的余生就让知道秘密的同学帮忙也无不可哦。"

"什么意思?"

"星期天,有空吗?"

"啊,抱歉,我要跟可爱的女朋友约会。那个女生一觉得被冷落就会抓狂。"

"骗人的吧?"

"骗人的。"

"那就星期天上午十一点,在车站前面集合!我会写在《共病文库》上的哦!"

说完,她就挥挥手,朝跟我相反的方向走去。根本从一开始就没有必要征得我的同意好吧。

在她的身影前方,夏日的天空仍旧是夹杂着些许天蓝的橘粉色,映照着我们。

我没有挥手,这次真的转身背对她走上回家的路。

嘈杂的笑声消失了,天空的蓝色慢慢加深,我顺着一贯的路线前进。我眼中一贯的回家之路和她眼中一贯的回家之路,一定每一步看起来都完全不一样。我是这么觉得的。

我到毕业为止,一定都会继续走这条路吧。

她还能再走同一条路多少次呢?

但是没错,正如她所说,我还能走这条路多少次,也是个未知数。她看见的沿路风景和我所见的沿路风景,其实是一样的。

我触摸脖颈,确认自己还活着。配合心跳踏出步伐,感觉像是强行晃动脆弱的生命一般,让人不禁难受了起来。

晚风吹来,让活着的我得以分心。

我开始稍微愿意考虑星期天是不是要出门了。

2

那是四月的事了,晚开的樱花还在绽放。

在我毫无察觉的时候,医学进步了。详细的情况我一无所知,也没有想要知道。

我只能说,医学至少已经进步到能使罹患重病、活不过一年的少女在不让他人察觉的状态下毫无异常地生活。也就是说,人能活得有个人样的时间延长了。

我觉得,分明有病却能继续活动,简直跟机器一样。但我的感想对患了重病的人来说毫无意义。

而她也不受没必要的念头干扰,正好好享受着医学的恩赐。

我这个同班同学竟然得知了她的病情,只能说是她瞻前不顾后,运气太差。

那天我没去上学。之前我做了盲肠手术,回医院去拆线。我的状况很好,拆线也一下子就结束了。本来就算迟到也该去上学的,但大医院总让人等上很久,我坏心地想,既然这样干脆不去学校了,于是就留在医院大厅徘徊。

当时只是一时兴起。大厅角落一张孤零零的沙发上放着一本书，不知是谁落下的。我一边心里嘀咕，一边好奇，不知道是什么书。我抱着喜欢看书的人特有的期待和兴趣走了过去。

我在来看病的人之间穿梭，走过去坐在沙发上。那看起来像是三百多页的文库本，外面包着医院附近书店的书衣。

我取下书衣想看书名时，略微吃惊。书店的书衣下不是文库本的封面，而是用粗马克笔手写的"共病文库"四个大字。当然，我从来没听过这个书名或出版社。

这到底是什么啊？我想不出答案，便顺手翻开一页看看。

映入眼帘的第一页不是熟悉的印刷字体，而是工整的圆珠笔手写字。也就是说，这是某个人写的文章。

20××年11月23日

　　从今天开始，我要在命名为"共病文库"的这本册子上记录每天的想法和行动。除了家人，没有其他人知道，我再过几年就要死了。我接受这个事实，为了和病魔一起活下去而做记录。首先，我罹患的是胰脏病。在不久之前，这种病还是绝大部分病人一旦被诊断出来，就会立刻死掉的重病之王。现在则几乎没有什么症状……

"胰脏……要死了……"

我嘴里不由得吐出日常生活中从来不会发出的声音。

原来如此，看来这是被宣告得了不治之症的某个人和病魔缠斗的日记。不，看来是和疾病共同生存的日记。显然不应该随便翻阅的。

我察觉到这一点、合上这本书时，头顶上方传来一个声音。

"呃……"

我听到声音抬起头来，心里的惊讶没有表现在脸上。我惊讶是因为我认识声音的主人。之所以隐藏情绪，是因为我觉得她叫我可能跟这本书无关。

话虽如此，估计就算是我这种人，也不愿承认自己的同学可能正面临着即将死亡的命运吧。

我装出"哦，是同班同学叫我啊"的表情，等待她把话说完。她伸出手，好像在嘲笑我肤浅的期待。

"那是我的。平凡的同学，你来医院做什么？"

在这之前我几乎没跟她说过话，只知道她是同班同学，开朗活泼，个性跟我完全相反。因此，被我这种八竿子打不着的外人得知自己罹患重病，她竟然还能坚强地露出笑脸，让我很是吃惊。

即便如此，我还是决定尽可能装出不知情的样子。我觉得这对我和她来说都是最好的选择。

"我之前在这里割了盲肠，今天来做术后治疗。"

"哦，原来是这样。我是来检查胰脏的。要是不给医生看就会死掉哦。"

竟然有这种事。她立刻就粉碎了我的顾虑和用心。我观察着她高深莫测的表情。她在我身边坐下，脸上的笑意更深了。

"吓了一跳吗？你看了《共病文库》吧？"

她好像在介绍自己推荐的小说一样，毫不介意地说道。原来如此,这是她策划的恶作剧。只不过上钩的碰巧是我这个同班同学而已。我心里甚至这么想。

"老实说……"

看吧,要说破了。

"吓了一跳的人是我。我以为搞丢了,慌慌张张地来找,结果被平凡的同学捡到啦。"

"……这是怎么回事?"

"什么怎么回事?就是我的《共病文库》啊。你不是看了吗?这是我自从发现胰脏生病了以后写的类似日记的东西。"

"……开玩笑的吧?"

这里分明是医院,她却肆无忌惮地哈哈笑起来。

"你以为我的兴趣有多低级啊?这连黑色笑话都算不上哦。上面写的都是真的,我的胰脏不能用了,要不了多久就要死啦,嗯。"

"……哦,原来如此。"

"欸?只有这样啊?怎么没有再夸张一点儿的?"

她好像很遗憾似的叫起来。

"……没有啊,同班同学跟你说自己马上要死了,该怎么回答才好?"

"嗯……要是我,应该说不出话来吧。"

"是啊。光是我没有说不出话来,你就应该称赞我了。"

"说得也是。"她一边回答,一边咪咪地笑。我完全不明白有什么好笑的。

她从我手中接过那本书,站起来对我挥挥手,然后走进医院里面去了。临走前,她抛下一句:"我对大家都保密,你不要在班上讲哦。"她既然这么说了,我想以后跟她应该也不会有所交集,心里暗暗松了一口气。

话虽如此,第二天早上,她在走廊跟我擦肩而过的时候,却跟我打了招呼。而且她还自愿当了每班没有限定人数、本来只有我一个人在做的图书委员。虽然不明白她的用意,但我天生是随波逐流的个性,就老老实实地教了菜鸟图书委员该做些什么事。

我在星期日上午十一点站在车站前面的原因,回想起来,正是因为那本文库本。这世上什么会成为契机,真的很难说。

我像一艘无法逆流而上的草船,到头来仍没有拒绝她的邀约。准确地说,是没有机会拒绝,只好乖乖来到说好的地点。

其实或许该直接放她鸽子,但这样就成了我的不是,给她揪住小辫子之后她会怎样可很难说。她跟我不同,是像破冰船一样勇往直前、开拓道路的人,草船跟她对抗显然不是明智之举。

我比约定的时间早五分钟来到雕像的前面,稍微等了一下,她就准时出现了。

自从那天在医院偶遇之后,我已经很久没有看见她穿便服的模样了。她穿着简便的T恤和牛仔裤,带着笑容走过来。我微微举手招呼。

"早安!我还在想,要是被放鸽子怎么办呢。"

"要是我说没有这可能的话,就是说谎了。"

"结果OK呢。"

"这样说好像也不太对啦。所以今天要做什么?"

"哦,兴致很高嘛。"

她在亮晃晃的阳光下露出令人难以置信的惯常笑容。顺便一提，我当然没啥兴致。

"总之，去市中心吧。"

"我不喜欢人挤人。"

"知道秘密的同学有车钱吗？要不要我帮你出？"

"我有钱。"

结果我一下子就屈服了，依照她的提议先去市中心。正如我所预期的，车站前各种店家汇聚的巨大人潮足以让怕生的人退却。

她精神饱满地走在我旁边，完全没有介意的样子。我不禁心生疑念：这个人真的马上就要死了吗？但她之前让我看过各种正式的文件，毫无怀疑的余地。

我们走出收票口，她在越来越多的人群中毫不犹豫地前进。总之，我尽量跟上她，以免走散。走到地下层之后，人少了一些，终于有机会问她今天的目的地。

"先去吃烤肉！"

"烤肉？还不到中午欸？"

"肉的味道，白天的跟晚上的会不一样吗？"

"很可惜，我对肉的爱好没有强烈到能分辨时间不同而有所差异的地步。"

"那就没问题了。我想吃烤肉。"

"我十点才吃过早餐。"

"没问题，没人讨厌烤肉。"

"你有跟我对话的意思吗？"

好像并没有。

反对也是白搭，待回过神时，我已经隔着炭炉跟她面对面坐着了。真的是随波逐流。店里没什么人，光线有点儿昏暗，每个桌位都各自有照明，让我们毫无必要地清楚看见对方的脸。

不一会儿，年轻的店员就过来蹲在桌边，准备替我们点菜。我不好意思点，她就好像背诵预习过的数学公式一样三下五除二地回答店员。

"要最贵的这种。"

"等一下，我没那么多钱。"

"没关系，我请客。这种最贵的吃到饱，两人份。饮料的话，乌龙茶可以吧？"

我不由自主地点点头。年轻的店员仿佛是怕她改变主意，很快重复了品项就离开了。

"哇！好期待哦。"

"……那个，钱我下次给你。"

"没关系啦，你不用介意。我付就好。我以前打工存了钱，存款不花白不花。"

在死之前。她虽然没有说出来，但就是这个意思。

"这样更不行。你得花在比较有意义的事情上。"

"这很有意义啊。一个人吃烤肉一点儿也不好玩儿吧？我花钱是为了自己的乐趣。"

"但是——"

"久等了。先上饮料。"

就在我不爽的当口，店员恰好端着乌龙茶出现。简直就像是她不想再提花钱的话题，故意把店员叫来一样。她笑眯眯地望着我。

继乌龙茶之后，又上了肉类拼盘。排得漂漂亮亮的鲜肉，老实说，看起来既昂贵又美味。这就是所谓的油花吧。脂肪色泽鲜亮，好像不用烤也能吃。我脑中浮现种种可能会让各色人等恼怒的念头。

炭炉上的烤网够热之后，她乐不可支地放上一片肉。伴随着吱吱声飘来的香味刺激着胃部。正在发育的高中生怎能对抗食欲？我也跟她一起把肉放在网子上烤了起来。高级的肉在高温的烤网上一下子就熟了。

"我开动了！"

"我开动了。嗯，真好吃。"

"咦？就只有这样？不是好吃得要命吗？还是因为我马上就要死了，所以比较容易感伤？"

不是，肉真的非常好吃。只不过兴致有差别而已。

"好好吃哦！原来有钱就能吃这种好东西呀！"

"有钱人就不会来吃到饱了。大概吧。"

"这样啊……这么好吃的肉可以吃到饱，不来太可惜了。"

"有钱人什么都可以吃到饱的。"

我分明没有很饿，两人份的肉却一下子就吃光了。她拿起放在桌边的菜单，考虑要加点儿什么。

"叫什么都可以吗？"

"随你高兴。"

随你高兴。不知怎么，这话真适合我说。

她默默地举起手，不知在哪儿看着的店员立刻走过来。她瞥了一眼因为豁出去而稍感畏缩的我，望着菜单流利地点菜。

"皱胃、可苦可乐①、铁炮②、蜂巢胃、瘤胃、牛心、领带③、牛杂、牛肺、牛百叶、胸腺。"

"等一下,等一下,等一下,你点的是什么啊?"

妨碍店员的工作有点儿不好意思,但她连珠炮似的吐出陌生的词汇,我不由得插嘴打断她。

"可苦可乐?啥,CD 吗?"

"你在说什么?啊,总之,刚才点的都来一人份。"

店员听到她的话,带着微笑匆匆走开。

"你刚是不是说了蜂巢?要吃虫子吗?"

"啊……难道你不知道?可苦可乐和蜂巢都是牛的部位名称哦。"

"是指内脏?牛身上有这么有趣的部位名称吗?"

"人不也有吗?笑骨④之类的。"

"我不知道在哪里。"

"对了,胸腺也包括胰脏哦。"

"难道吃牛的内脏也是治疗的一部分?"

"我只是喜欢内脏而已。要是有人问我喜欢什么,我都会回答内脏。喜欢的东西——内脏!"

"你都自傲地这么说了,我还能说什么。"

"忘了叫白饭。要吗?"

"不用。"

不一会儿,她点的内脏装在大盘子里送上来了,样子看起来比

---

① 可苦可乐:コブクロ,小袋,与日本乐团可苦可乐同名。
② 铁炮:テッポウ,牛直肠。
③ 领带:ネクタイ,牛食道。
④ 笑骨:ファニーボーン,funny bone,尺骨端。

我料想中的恶心得多，害得我毫无食欲。

她跟店员点了白饭，然后愉快地开始把内脏放在网上烤。我没办法，只好帮她。

"来，这个烤好了……"

我始终不伸手夹形状奇怪的内脏，她决定助我一臂之力，把一块满是小洞的白色玩意儿放到我的小盘上。我从不浪费食物，只好战战兢兢地把那块东西放进嘴里。

"很好吃吧？"

老实说，我觉得口感很好，也很香，比想象中好吃多了，但这好像正中她的下怀，让我很不甘心，硬是不肯点头。她露出一贯意味不明的笑容。

她的乌龙茶喝完了，我叫来店员续杯，并且加点了一些普通的肉。

我主要吃肉，她主要吃内脏，我们就这样慢慢地吃着。我偶尔吃一块内脏，她就带着令人不爽的笑容望着我。这种时候，我把她细心烤着的内脏吃掉，她就会"啊……"一声懊恼地叫出来，我便稍微高兴了一点儿。

"我不想火葬。"

我们还算愉快地吃着烤肉，她突然提起了完全不合时宜的话题。

"你说什么？"

"就是说，我不想火葬。我不想死掉以后被火烧。"

"这是适合一边吃烤肉一边闲聊的话题吗？"

"烧掉了就好像真的从这个世界上消失了，不是吗？不能让大家把我吃掉吗？"

"不要一边吃肉一边说尸体善后的话题，好吗？"

"胰脏可以给你吃哦。"

"你在听我说话吗？"

"外国好像有人相信，把人吃掉以后，死人的灵魂会继续活在吃的那个人身体里面哦。"

看来她完全没有听我说话的意思。要不就是听到了但充耳不闻。我觉得是后者。

"不能吗？"

"……应该是不能吧。这违反伦理道德。至于是不是违法得查一下才知道。"

"这样啊……真可惜。我没法把胰脏给你啦。"

"我用不着。"

"不想吃吗？"

"你不是因为胰脏生病才要死的吗？你灵魂的碎片一定会留在那里。你的灵魂好像很会闹的样子。"

"说得也是。"

她愉快地哈哈笑起来。既然她活着的时候都这么能吵，死了以后依附着灵魂的胰脏也不可能不喧闹的。我才不要吃那种东西呢。

跟我比起来，她吃得可多了，牛肉、白饭和内脏都吃到哀号着"啊……撑死了"的地步。我吃到差不多八分饱就停了。当然，我一开始就只点了自己能吃得下的分量，所以不会做出像她一样又点了满桌子小菜的蠢事。

吃完之后，店员收掉大量的空盘和不用了的炭炉，送上最后的甜点雪酪。她本来一直叫着"撑死了""好难受"，但看见甜点就又复活了。清爽的口感让她又开始生龙活虎，真令人难以置信。

"你没有饮食限制吗？"

"基本上没有欸。这好像是最近十年医学进步的结果。人类真是太厉害了。虽然生了病，但日常生活完全没有受到影响。尽管我觉得这种进化应该朝治疗的方向运用啦。"

"确实如此。"

我对医学并不了解，但很难得地这次同意她说的话。我听说过"世界上的医疗并不是治疗重病，而是让人跟病魔对抗共存"的说法。然而，不管怎么想，应该进步的技术都是治疗，而不是跟疾病和睦相处。但我明白，就算我们这么说，医学也不会照此进步。想让医学进步，只能进医学院做特别的研究。当然，她已经没有这种时间了。而我则没有这种意愿。

"接下来要干吗？"

"你是说未来吗？我没那种东西哦。"

"不是啦。那个，我从之前就这么想了，你说这样的笑话，难道不觉得我会很为难吗？"

她吃了一惊，然后小声笑了起来。她的表情真是变化万千，实在难以想象是跟我一样的生物。然而或许正因我们是不同的生物，所以命运不同也未可知。

"没有啦，除了你，我也不会跟别人这样说的。通常大家都会退避三舍吧？但是你真厉害，可以跟马上就要死掉的同学正常地说话。要是我恐怕就没办法。就是因为你很厉害，所以我才把想说的话都说出来。"

"你太看得起我了。"

真是的。

"我觉得不是啊。知道秘密的同学在我面前都没有悲伤的表情。难道你会在家里为我哭？"

"并没有。"

"哭啦。"

我不可能哭。我不会做那种不该由我做的事。我并不难过，更不会在她面前流露那样的感情。她不在别人面前表露悲伤，其他人当然不应该替她这么做。

"回到刚才的问题，接下来要干吗？"

"啊……改变话题了……这下哭了吧？接下来，我要去买绳子。"

"没哭好吧。什么绳子？"

"哦，你也会用这种有男子气概的口吻说话啊。是想要追求我吗？嗯，绳子。自杀用的。"

"谁会追求马上就要死掉的人啊。你要自杀？"

"我只是觉得，自杀也不错。在被疾病杀掉之前自己动手。但是我现在应该不会自杀吧。绳子是买来恶作剧用的。是说知道秘密的同学太过分了！我搞不好会伤心而自杀哟。"

"恶作剧？一下子要自杀，一下子不会自杀，乱七八糟的。总之，把话说清楚。"

"说得也是。你有女朋友吗？"

"你要怎么样把什么话说清楚我并不真的想知道，不用说也没关系。"

感觉她好像有话要说，我就先下手为强。账单并不在桌上，我站起来跟店员说要结账，被告知直接去柜台付钱。她也笑着站起来说：

"走吧……"

看来她不是会死抓着话头不放的人。这下子我发现了对自己有利的一点。我打算以后就用这招儿。

我们挺着吃撑的肚子离开烤肉店，回到楼上地面层。明亮的夏日阳光袭来，我不由得眯起眼睛。"天气真好……要在这种日子死吗？"我听见她喃喃地说，完全不知该怎么回答才好。总之，对付她最有效的手段就是不予理会，就像不能跟猛兽对上眼那样的感觉。

在那之后我们稍微讨论了一下。说是讨论，大家也知道，就只是她一个人喋喋不休。结果我们决定去跟车站连在一起的大型购物商场。那里有出名的百货商店，应该会有她想买的"自杀用的绳子"。不，事实上并没有那种东西。

不一会儿，我们就走到了购物商场，那里人又多了起来，但百货商店里卖绳子的地方一个人也没有。会在这种天气买绳子的人，一定不是工作者就是牛仔，要不就是马上要死掉的女孩子吧。

远处传来儿童喧闹的声音。我在离她稍远的地方比较着钉子的大小，她叫住年轻的店员。

"不好意思，我要找自杀用的绳子。我不想留下痕迹，这样应该选哪一种比较好？"

我清楚地听见她脑袋坏掉一般的提问。我转过身，看见店员脸上困惑的表情，不由得笑出声来。一笑出来，我就发觉这是她故意讲的笑话，立刻后悔不已。分明要自杀却要不留痕迹，这是她的笑话。我跟店员都冷不防中了她的圈套，而我甚至笑出声来。我把不同大小的钉子一根根插回不同的位置泄愤，然后走向正在偷笑的她和不知所措的店员。

"对不起，她就快死了，所以脑筋不太清楚。"

不知道我的话让店员豁然开朗还是大吃一惊,总之,他就走开去做自己的事了。

"真是的,本来要让店员介绍不同商品的,你不要来捣乱啊。难道你嫉妒我跟店员感情好?"

"那叫作感情好的话,就不会有人想把柳橙做成天妇罗了。"

"什么意思?"

"这话完全没有意义,所以就不要追问了好吗?"

我本来是要惹毛她的,但她停顿了一下,就哇哈哈哈哈地笑得比之前还夸张。

不知怎么,她心情好得出奇,很快买了一条绳子,还买了上面有可爱猫咪图案的袋子来装绳子。我们走出百货商店,她一边哼歌,一边晃动装着绳子的袋子,吸引了众人误解的视线。

"知道秘密的同学,接下来要干吗?"

"我只是跟着你而已,并没什么特别的目的。"

"咦,这样啊?你没有想去的地方吗?"

"一定要说的话,就书店吧。"

"要买书?"

"不是,我喜欢逛书店,未必一定要买书。"

"哎,怎么好像是瑞典的谚语啊。"

"什么意思?"

"这话完全没有意义,所以就不要追问啦。嘻嘻。"

她好像果然心情很好。我只觉得不爽。我们俩带着截然不同的表情,一起走向购物商场里的大型书店。到了书店我便不管她,径自走向文艺新书区。她并没跟上来。我一边浏览文库本,一边享受难得的独处时光。

我看了好几本文库的封面,翻阅开头的部分,时间不知不觉就过去了。虽然这种感觉爱书人都能理解,但并非所有人都爱书。因此,我看了一下手表,带着一点儿罪恶感在书店里找她。她正笑着翻阅时尚杂志。我觉得站着阅读还能面带微笑真是太厉害了。要是我就办不到。

她察觉到我走近,我还没出声,她就转过头来望着我。我直率地道歉。

"对不起,把你给忘了。"

"好差劲!但是没关系,我也一直在看书。知道秘密的同学对时装之类的有兴趣吗?"

"没有。只要是不引人注目的普通衣服就好。"

"我想也是。但我可有兴趣了。上了大学后,我要打扮得漂漂亮亮的。话虽这么说,但我马上就要死了。人还是内在比外在重要。"

"你表达的方式完全错误。"

我装作若无其事的样子环视四周,心想她的话可能会引人注意。但是周围似乎并没人在意一个口出狂言的高中女生。

我们都没在书店买东西。事实上,在那之后我也什么都没买。离开书店后,她随性逛了饰品店和眼镜店,但是我们都没花钱就出来了。结果她只买了绳子跟袋子。

我们走累了,在她的建议下,到全国连锁的咖啡店休息。店里虽然人多,但我们运气不错,找到了位子。我去买两人份的饮料,她坐着等。她要冰拿铁。我到柜台点了冰拿铁和自己的冰美式,放在托盘上,端回桌位。她在等待的当口拿出了《共病文库》,在上面奋笔疾书。

"啊,谢谢。多少钱?"

"没关系,烤肉我也没出钱。"

"那是我要出钱的。好吧,就让你请我喝咖啡。"

她愉快地用吸管杯子喝着拿铁。一直描述她愉快地这样那样可能多此一举。她无论何时,不管做什么,都充满了积极正面的态度。

"嘻嘻,别人看我们像是一对吗?"

"就算看起来像,但事实上不是,所以无所谓。"

"哇,好冷淡啊。"

"只要想么看,所有性别不同的两人组都能看成一对,光看外表,你也完全不像马上要死了的样子。重要的不是别人的评价,而是内在。你刚刚不也说了嘛。"

"不愧是知道秘密的同学。"

她一边笑一边吸拿铁,空气的声音从杯子里跑出来。

"所以,知道秘密的同学有女朋友吗?"

"好了,休息够了吧。"

"你的咖啡一口也没喝,不是吗?"

看来同一招儿行不通了。我正要站起来,她抓住我的手腕。我希望她不要用指甲。难道是因为我在烤肉店打断她的话,所以生气了吗?我不喜欢惹恼别人,于是乖乖地坐下。

"怎样?女朋友?"

"谁晓得。"

"这么说来,我觉得我好像对你一无所知欸。"

"或许吧。我不喜欢讲自己的事。"

"为什么？"

"我不喜欢自我意识过剩，啰啰唆唆地讲些别人毫无兴趣的事。"

"你怎么知道别人毫无兴趣？"

"因为我对别人毫无兴趣。以前的人基本上都对自己以外的事物毫无兴趣。当然也有例外啦。像你这样有特殊情况的人，我多少还是有点儿兴趣的。但我本身并不是会让人产生兴趣的人，所以没兴趣说对谁都没用处的事情。"

我望着桌面的木纹，把平常脑中的念头摊在桌上告诉她。这些论点一直都堆在心底落灰。当然是没人可说的缘故。

"我有兴趣哦。"

我拂去念头上的灰尘，重温入手的经过和回忆，一时没听懂她说的话。我惊讶地抬起头。她表情丰富的脸上明摆着一种情绪。就算是不善跟人往来的我，也能一眼看出她有点儿不高兴。

"怎么了？"

"我说我对你有兴趣。我才不会约自己没兴趣的人出来玩呢。你不要把我当傻子。"

老实说，我不太明白她说的话。不明白她为什么对我有兴趣，也不明白她为什么生气。更别提我把她当傻子。

"我有时候会觉得你可能在犯傻，却没有把你当傻子哦。"

"你可能不是故意的，但是我不高兴了！"

"啊，这样啊……对不起。"

我虽然不明白，总之先道歉。我毫不吝惜地采取对付生气的人唯一的最有效的行动。果不其然，她也跟其他生气的人一样，虽然仍旧嘟着嘴，表情却渐渐和缓下来。

"要是你好好回答我，就原谅你。"

"……一点儿也不有趣哦。"

"我有兴趣，跟我说。"

她不知何时满意地嘴角上扬。我无意反抗，也不觉得就这样乖乖被顺了毛的自己很丢脸。我是草船。

"我不觉得我能回应你的期待。"

"没关系，没关系，快回答吧！"

"大概是从小学的时候开始吧，我就不记得我有朋友。"

"……你失忆了？"

"……你可能果然是傻子。"

我真的这么怀疑，然后想到她在这个年纪就患上绝症的概率，搞不好比我失忆的概率还低，所以她的说法或许也有道理。我打算收回刚刚说的话，对着明摆着一脸不悦的她解释。

"我的意思是我没有朋友，所以当然也没有你说的女朋友。"

"一……直……都没有朋友？不只是现在？"

"嗯，我对别人没有兴趣，所以别人也对我没有兴趣吧。反正对任何人都没坏处，我觉得这样就好。"

"你不想要朋友吗？"

"难说。有朋友的话可能不错，但我相信小说里的世界比现实世界有趣。"

"所以你成天都在看书。"

"是啊。我无聊的故事就到此为止了。为礼貌起见我也得问问，你有男朋友吗？要是有的话，就别跟我混了，现在立刻跟他在一起比较好。"

31

"有是有，不过，不久之前分手了。"

她说道，完全没有难过的样子。

"因为你马上要死了？"

"不是啦。我怎么会跟男朋友说这种事啊……连朋友都没说过。"

那为什么当时跟我说了呢？其实我不在意，所以自然就没问。

"他啊……哦，你也认识的，就在我们班。我说出他的名字你可能也不记得吧，哈哈哈。他当朋友非常棒，但当恋人就不行了。"

"原来会这样啊。"

我连朋友都没有，因此完全不明白。

"会哦……所以我们就分手了。要是上帝一开始能贴上标签就好啦。这个人专门当朋友，这个人可以当恋人。"

"要是能这样的话我就轻松了。但人与人之间的关系是很复杂的，你这种人好像会说不贴标签比较有趣。"

我的意见让她豪爽地哈哈笑了起来。

"好像的确会这么说。嗯，我可能真是这么想的。那我收回刚才说要贴标签的话。你还真了解我。"

"……"

我想否认，但还是算了。可能是这样也说不定。理由我想得出来。我了解她。

"……一定是因为我们相反。"

"相反？"

"我们是相反的两种人。我完全想不到的事，你八成会想到。照这样说出来，就说中了。"

"真够复杂的。这是小说的影响？"

"或许吧。"

真的没必要也没打算扯上关系的，跟我完全相反的人。

几个月前，我跟她的关系仅止于同班，只是偶尔会听到她吵闹的笑声而已。吵到让对别人不感兴趣的我，在医院看到她的时候，就能立刻想起她名字的地步。那也一定是我们完全相反，脑袋里某处被触动了的缘故。

她一边喝拿铁，一边愉快地说着"好好喝"之类的感想。我则默默地喝着黑咖啡。

"啊，好像真的相反欸……你在烤肉的时候一直吃五花肉跟里脊肉。烤肉就是要吃内脏啊。"

"虽然比我想象中的好吃，但还是普通的肉比较好。喜欢吃生物内脏的是恶魔吧。在咖啡里加糖加牛奶也是恶魔干的事。咖啡本身就已经没有缺憾了。"

"我跟你在吃东西的方面好像很不合呢。"

"但我觉得不只是吃东西的方面不合。"

我们在咖啡厅坐了约一小时。其间说的全都是些普通到极点的话。没聊生，没聊死，没聊还能活多久。那到底聊了些什么呢？主要是她讲关于同班同学的闲话。她想让我对同班同学产生兴趣，但尝试终究是失败了。

我并不是对同学们无关紧要的失败或单纯的恋爱感兴趣，只知道无聊故事的那种人。她一定知道我的想法，因为我也不是会隐藏自己感觉无聊的人。即便如此，她仍旧努力地说话，让我多少对她产生了一些兴趣。我从来不白费力气，也讨厌徒劳无功。

就在我们俩都觉得差不多可以回去了的时候，我问了她一件我有点儿在意的事。

"对了,那条绳子要用来干吗?你不会自杀,不是吗?虽然你说了要恶作剧什么的。"

"我要恶作剧哦。虽然这么说,但是我看不到结果啦。所以,知道秘密的同学要帮我确定。我在《共病文库》里暗示了一下绳子,这样一来,找到绳子的人,就会误以为我要自杀,对不对?这就是恶作剧。"

"品位真差。"

"没关系,没关系,我会写清楚其实是假的啦。先吓人一跳,再让人松一口气比较好。"

"虽然这样并不会让一切好转,但总聊胜于无。"

我很惊讶。跟我完全相反的思考方式果然很有趣。要是我的话,根本不会在乎自己死了之后周围的人有什么反应。

我们从咖啡厅出来,朝车站走去。虽然人很多,但还是设法挤上了电车,站着闲聊了一会儿,就回到郊区了。

我们俩都是骑自行车来车站的,便去免费停车场各自取了车,骑到学校附近,然后挥手道别。她说:"明天见。"明天不开图书委员会,我觉得应该不会跟她说上话,但还是"嗯"地应了一声。

骑自行车回家的这条路,还是同样的风景,却不知以后会见到多少次。咦?突然间,我觉得有点儿不可思议。一直到昨天都浮现在心里的,对死亡和消失无可避免的恐惧,现在略微沉淀了下来。估计是因为今天见到她的印象实在跟死亡离得太远,剥夺了我对死亡的现实感吧。

这一天,我有点儿难以相信她就要死了。

我回到家里,看书,吃了母亲做的晚餐,洗澡,到厨房喝麦茶,对父亲说"你回来啦",回房间想继续看书,手机收到了短信。我基本上不用手机的短信功能,短信通知声响让我一时不知所措。我打开手机,短信是她发来的。这么说来,我因为图书委员的工作联络需要,跟她交换过号码。

我躺在床上,阅读短信。内容如下:

辛苦啦!我想试着发短信,收到了吗?今天谢谢你陪我。【PEACE】真的非常开心哦!【笑脸】要是你还能陪我做我想做的事的话,就太开心啦【笑脸】到死为止都好好相处吧!晚安啦……【笑脸】明天见……

我脑海中浮现的第一个念头是忘了给她烤肉的钱。明天一定不能忘记。我在手机的备忘录上记了一笔。

我想简单回她一下,又看了一次短信。

好好相处吧!

一般来说,在意的点都会是她开玩笑般的"到死为止"吧,但我在意的却是后面的部分。

原来如此,我们关系好了啊。

回想今天一天,我们的交情确实好起来了也说不定。

我本来要把脑中的念头传给她的,但想想还是算了。跟她这么说会让我很不甘心。

我今天也有点儿开心呢。

我把这句话封锁在心里,传给她的短信只写了"明天见"这几个字。

我靠在床上打开文库本。跟我相反的她,现在在做什么呢?

3

　　昨天晚上我睡着后，邻县发生了杀人案，好像是街头随机杀人。当然，从大清早开始，电视就一直播着相关话题的报道。

　　所以，就算从今天开始是考试周，我想学校里一定也都在讨论这个案子。然而，至少我们班上没有，但也没人谈考试，看来我的同班同学都在偷偷地议论对我不是什么好事的话题。

　　也就是说，他们都想解开"那个开朗活泼、精神百倍、在班上大受欢迎的女生为什么跟班上首屈一指阴沉平凡的男生周末一起去喝咖啡"的谜题。要是这个谜题有答案的话，我也想知道，但今天我一如既往，尽量避免跟同班同学接触，于是也没机会问。

　　情况姑且以图书委员聚会之类的方向做总结；我没参与讨论，当然希望这件事就这样收尾。然而，有个勇气百倍、毫无顾忌的女生多嘴地直接大声问她，她也多嘴地说了不必要的事。

　　"我们交情好。"

　　我知道同学们关心的焦点都在我身上，所以比平常更注意他们的谈话。因此，我听到了她多嘴到不行的回答。在那之后，我也感觉到了同学们的视线。当然，我还是做出毫不在意的样子。

考完一门试之后，几乎连话都没说过的同学们全盯着我看。我承受着他们暗地里的疑惑，仍然不予理会。

我唯一被迫参与是在第三门考试结束的时候，但那也立刻解决了。

先前毫无顾忌直接问她的女同学，快步走到我旁边跟我说话。

"哎……哎……平凡的同学，你跟樱良很要好吗？"

她这么问，我心想她一定是个好人。理由是其他同学都远远地作壁上观。这位个性直爽的女生这次一定也是被利用来打前锋的。

我很同情这个我连名字都不记得的同学，便回答她。

"没有啊。昨天刚好碰到而已。"

"哦……"

善良率真的女生接受了我说的话。"我知道了……"说着，她走回其他同学那里。

这种时候，我会毫不迟疑地说谎。我得自保，还得替她保密，这也是没办法的事。就算她只会多嘴说些毫无必要的话，但既然和我见面的原因跟她得了不治之症这个最大的秘密有关，那应该也会替我圆谎吧。

眼前的难关就这样渡过了。第四门考试结束，我觉得这次的成绩应该也会比全班平均成绩好一点儿。我没有跟什么人说话，扫除完毕便准备回家。既然没事就早点儿回去。正要离开教室时，有人大声叫住了我。

"等一下，等一下！交情好的同学！"

我回头看见满面笑容的她，跟满脸惊讶望着我们的同学。我其实很想全部都不理,但迫于无奈只能无视后者,等她走过来。

"去一下图书馆吧,好像有工作要做。"

听见她的声音,不知怎么,全班好像松了一口气。

"我没听说啊。"

"刚才我碰到老师,他说的。你有事吗?"

"没有。"

"那就去吧。反正你也没要念书,不是吗?"

虽然我觉得她很没礼貌,但这是事实。我跟她并肩走向图书馆。

我不想详细说明之后在图书馆发生的事。简而言之,就是她说谎了。而且她还跟老师串通,图书馆分明没事,我认真地问老师有什么工作要做,她跟老师一起哈哈大笑。我本来立刻就要回家的,老师一边道歉一边端出点心,我就姑且原谅了他们。

喝了一会儿茶,图书馆今天要早点儿关门,我们就离开了。这时我才第一次问她为什么要说这种没意义的谎。我以为一定有什么重大的理由。

"没什么。我只是喜欢恶作剧。"

这家伙……我心里这么想。但要是在脸上表露出来,就正中了恶作剧者的下怀。我们走向鞋柜的途中,我打算绊她一下。她轻盈地越过我的脚,扬起一边眉毛,一脸不爽。

"你小心跟放羊的孩子一样得到报应。"

"所以我的胰脏坏掉了啊,老天的眼睛是雪亮的呢……你可不能说谎哦。"

"没人规定胰脏坏掉了就可以随便说谎吧。"

"哎,是吗?我不知道。对了,交情好的同学,你吃午饭了吗?"

"当然没吃。你突然把我叫去了,不是吗。"

我尽量以不悦的口气说。我们走到鞋柜处。

"那要怎样?"

"去超市买点儿熟食回家吃。"

"没东西吃的话就一起去吃吧。我爸妈今天都不在家,只给了我钱。"

"……"

我换上鞋子,心想要立刻拒绝她的提议,却回答不出来。因为我没法找出拒绝她的明确理由。昨天感受到的"有点儿开心"干扰了我。

她穿好鞋子,踏了踏脚尖,伸了一个懒腰。今天有点儿云,阳光没有昨天强。

"怎么样?我有死前想去的地方哦……"

"……要是又被同学看见就糟了。"

"啊!这个!我想起来了!"

她突然大声地说。我以为她又犯傻了。转头一看,她正皱着眉头摆出不高兴的表情。

"交情好的同学,你说你并没跟我要好,对不对?周末的时候分明很要好来着!"

"嗯,我是说了。"

"昨天我在短信里也写了,到死都要好好相处。"

"是不是真的无所谓吧。只是被同学们观察也就罢了,我不喜欢他们来跟我说话,或是追问我。"

"不用蒙混也没关系啊……昨天不是说过,重要的是内在吗?"

"重要的既然是内在，蒙混过去也无所谓。"

"这不是在兜圈子吗……"

"这么说也考虑到替你保守生病的秘密，跟你说的那种毫无意义的谎言不一样。你应该称赞我，而不是生气吧？"

"哼哼哼哼哼哼。"

她的表情像是百思不得其解的小孩儿一样。

"我果然跟你不合。"

"或许吧。"

"不只是食物方面，这个问题好像更加根深蒂固。"

"简直像是政治议题。"

她又哇哈哈哈地笑着，看来心情又好起来了。她的单纯和不计较，应该也是朋友多的理由吧。

"所以吃饭要怎么办？"

"……是可以一起吃，没问题吗？你不跟其他朋友一起玩吗？"

"我怎么会跟人家约了还来找你呢……明天我跟朋友约好了出去玩。但是只有跟你一起不必隐藏胰脏的事，所以很轻松。"

"喘息的空间吗？"

"对，喘口气。"

"那我就奉陪吧，算是做好事。"

"真的？太好了。"

她要喘口气，那就没办法了。就算被同班同学看见、惹上麻烦，既然要做好事也无可奈何。她也需要喘息的空间吧，所以没办法。

对，我是草船。

"要去哪里？"

我这么问,她眯着眼睛仰望天空,雀跃地回答。

"天堂哦。"

天堂。我难以相信夺去高中女生性命的这个世界上会有这种地方。

我走进店里,终于后悔跟她一起来。但我明白这不该怪她。是我不对。我一直都尽量避免跟别人接触,欠缺被别人邀请的经验,因而没有察觉到不好的预感。我完全不知道跟别人在一起,有时候对方准备的计划会完全跟自己的意愿不合,而且发现时已经太迟了。这就叫作缺乏危机处理能力吧。

"怎么啦?脸这么臭。"

一看就明白她知道我很难堪,而且觉得很有趣。

我对她的问题有明确的回答。但反正回答了也于事无补,就不回答了。我能做的,也只有下次不再犯下同样的错误而已。

也就是说,我发现自己并不是混进只有女生的咖啡馆这种粉红色空间,就会喜不自胜的男生。

"这里的蛋糕好好吃。"

进来之前,我就觉得有点儿怪怪的,但是并不在意。以前我从未来过这种地方,完全没有警戒心,完全没想到竟然有这种顾客性别一面倒的餐饮店。我望向店员放在桌上的账单,在印着"男性"的文字上打了钩。我不知道是来店的男性客人很稀奇,还是男性的价位跟女性不一样,但这两者都说得通。

我们光顾的这家店好像是甜点吃到饱的模式,店名是"甜点天堂"。现在对我来说,快餐店比较像天堂。

我心不甘情不愿地对挂着微笑的她说:

"喂。"

"怎么啦?"

"不要一直笑眯眯的。你是想变胖,还是想让我变胖?连着两天吃到饱是怎样。"

"都不是。我只是吃我想吃的东西而已。"

"不愧是真理。原来如此,今天你想甜食吃到死?"

"对。你吃甜食没问题吧?"

"我不喜欢鲜奶油。"

"有这种人?那就吃巧克力蛋糕吧。很好吃哦。这里不只有甜点,还有意大利面和咖喱、比萨什么的。"

"这真是天大的好消息。比萨好好发音不行吗?真讨厌。"

"讨厌芝士吗?"

我很想朝她开玩笑的表情泼冷水。但我不喜欢给别人添麻烦,想到要店员来收拾,最终作罢。但这并不意味着在路边我就会这么做。

坐立不安的话正中她的下怀,我抱着"既来之,则安之"的决心,起身跟她一起去拿食物。虽然是工作日的中午,很多学校跟我们一样已经进入考试周,所以店里挤满了高中女生。我拿了些碳水食物、沙拉、汉堡、炸鸡等回到座位上,她已经带着愉快的表情坐在桌边了。她的盘子里堆着大量的甜点。我不喜欢西式甜点,看着有点儿恶心。

"对了,杀人案好可怕哦。"

开始吃了几十秒,她就开口了。

我松了一口气。

"真好,今天完全没人提这件事,我还以为是我做梦呢。"

"大家都没兴趣吧?那里好像是没什么人的乡下。"

43

"你会这么说好无情啊。"

我觉得很意外。我虽然并不真的很了解她,但在我想象中,她并不会说这种话。

"我有兴趣哦。我看了新闻,心想,啊,这个人也没想到会比我先死吧……但是——"

"以防万一,我还是先问一下。你见过那个人吗?"

"你觉得我见过?"

"你觉得我这么觉得吗?不管了,所以呢?"

"嗯,我有兴趣。但是平常人对生啊死啊之类的都没有兴趣吧?"

"原来如此。"

她说得或许没错。平常人过着普通的日子,很少会意识到生死的问题,这是事实。每天都抱着生死观过活的人,一定只有哲学家、宗教家,要不就是艺术家吧。

"面对死亡的好处只有一个,那就是每天都真实地感觉自己活着。"

"这比任何伟人的箴言都感人。"

"对吧?啊……要是大家都马上就要死了该多好。"

她吐吐舌头。虽然她应该是开玩笑,我却认为她是认真的。言语这种东西的意义常常跟说出口的人无关,而是由听到的人决定的。

我吃着心形盘子上的番茄意大利面,面有点儿硬但很好吃的。我突然想到吃的东西跟回家的路一样,我的一口跟她的一口,本人感觉到的价值可能完全不同。

当然本来不应该有所不同,在犯罪者的一时兴起之下可能明天就死掉的我,跟胰脏坏掉、马上要死掉的她,吃的食物不应该有价值上的差别才对。但要完全理解这点，一定是在死掉之后吧。

"交情好的同学对女生有兴趣吗？"

她鼻子上粘着鲜奶油，一脸不把生死观放在眼里的蠢相看着很滑稽，所以我决定不告诉她。

"突然说这个干什么？"

"你在全是女生的店里好像坐立不安，可爱的女生从旁边走过，连看也不看一眼，我都立刻就看了呢。你是同志吗？"

看来她发现我的坐立不安了。我决定锻炼演技。看是我先变厉害还是她先死。

"我不喜欢待在不适合我的地方。而且盯着别人很没礼貌，我不做这种事。"

"那我就是没礼貌的人了。"

她鼓起面颊，鼻子上仍旧粘着鲜奶油，看起来更好笑了，简直像是特别做出来给别人看的表情一样。

"真是的，失礼啦，交情好的同学昨天说没有朋友，也没有女朋友，那我想你起码有过喜欢的人吧。"

"我并没有讨厌的人，所以人人都喜欢。"

"好啦，好啦，我知道了。你有过喜欢的人吗？"

她叹了一口气，把炸鸡送进嘴里。她好像已经习惯应付我的胡说了。

"再怎么样，总单相思过吧？"

"……单相思？"

"就是不是两情相悦。"

"这我知道。"

"既然知道就说啊。你单相思过吗？"

我觉得自作聪明会惹上麻烦。她要是跟昨天一样生起气来我可受不了。

"嗯……我觉得好像有过一次的样子。"

"就是这个，怎样的女生？"

"你要知道这个干吗？"

"因为我想知道啊。昨天你说你跟我相反，所以我好奇你喜欢什么样的人。"

这种事情拿自己对照一下不就知道了嘛，但是我不想把衡量价值观的方法硬加在别人身上，所以就没说话。

"什么样的人啊？对了，说话总是加上'先生'的人。"

"……先生？"

她皱起眉头，抽抽鼻子，鲜奶油也跟着一起动作。

"对。中学的时候跟我同班，不管对什么都加上'先生'的女生。书店先生、店员先生、鱼店先生。对课本里的小说家也是，芥川先生、太宰先生、三岛先生。到后来，连对食物也这样，萝卜先生之类的。现在想起来可能只是口头禅，完全跟她是个怎样的人无关，但当时我觉得这是不忘对所有东西表达敬意的做法。换句话说，就是温柔高尚的表现。所以我对她的感情比对其他的女生特别。"

我一口气说完，喝了一口水。

"但是这算不算单相思就不知道了。"

我望着她。她没有说话，只带着笑容吃盘子里的水果蛋糕。她的笑意随着咀嚼的动作变深了，我心想，这到底是怎么回事？她支着一边面颊，抬起眼睛望着我。

"怎么了?"

"讨厌啦。"她扭着身子说。

"讨厌,比我想象中的还要出色,害得我不好意思了。"

"……啊,嗯,她可能是个出色的女生没错。"

"不是,我指的是喜欢她的理由。"

我不知该怎么回答,只好学她吃盘子里的汉堡。这也很好吃。她不只是笑眯眯的,简直是笑嘻嘻地望着我。

"这段恋爱结果如何?但是你说过没有女朋友。"

"对。大家好像也觉得那个女生长得很可爱,她被班上个性爽朗又很帅的男生追走了。"

"唉,真是没看人的眼光。"

"什么意思?"

"没什么。原来你也曾经是抱着淡淡恋情的纯真少年啊……"

"嗯,为了公平起见,我也问一下,你呢?"

"我有过三个男朋友。我先明说了,对三个人都是认真的哦。常有人说中学生谈恋爱只是玩玩而已,但那都是不肯对自己恋爱负责的浑蛋。"

她热切的语气和表情咄咄逼人。我微微退缩,我不善于应付热情。

顺带一提,以她的外表说有过三个男朋友一点儿也不奇怪。她几乎不化妆,也不是会让人回头看的美女,但五官端正漂亮。

"喂,不要吓到好吗?"

"我没吓到啊。不过,鼻子有点儿讨厌吧?鲜奶油。"

"咦?"她没听懂,露出一副蠢相。这种表情说不定交不到男朋友。过了一会儿,她终于会过意来,急急地摸了一下鼻子。在她鼻

47

子上的鲜奶油不见之前，我就站了起来，我的东西吃完了。

我取了新的盘子在店里绕圈，想吃一点儿甜食。幸好发现了我很喜欢的蕨饼，于是拿了一些，浇上旁边的黑糖。我望着黑糖充满艺术感的流动线条，决定顺便倒一杯黑咖啡。

我一边思考要是把她惹毛了的话该怎么应付，一边在高中女生间穿梭，走回桌位。然而，她跟我意料中相反，心情好得很。

只不过我没法跟刚才一样坐下。

我走近时她看见我，笑意更深了。

坐在我原本座位上的人察觉她的表情，也转向我这边。

"樱、樱良，你说的朋友是阴沉的同学？"

我终于想起这个看起来比她稍微倔强一点儿的少女是谁了。这人确实常跟她在一起。她们好像是同一个运动社团的。

"对，恭子干吗这么惊讶？啊，交情好的同学，这是我的好朋友恭子。"

她满脸笑容，她的闺密则满脸的疑惑，我端着盘子和杯子观望这一幕。这下又惹出麻烦了，我在心中叹息。总之，我先把蕨饼跟杯子放在桌上，然后坐下。不知是幸运还是不幸，我跟她的桌位是可坐四个人的圆桌。我坐在面对面的两个女生中间，不经意地看着她们。

"哎，怎么，小樱跟阴沉的同学交情好吗？"

"嗯，莉香不是问过了吗？问我们要不要好。"

她对着我微微一笑。她的笑容似乎更加助长了闺密同学的疑惑。

"但是莉香说樱良是开玩笑的欸？"

"真是……那是因为交情好的同学不想引起骚动，所以蒙混过去的啦。莉香竟然比较相信他而不相信我，我们的友情到底算什么啊？"

她开玩笑似的说法让闺密同学完全笑不出来，反而往我这里瞄。我没有转移视线，对她轻轻点点头。她也对我点头。我本来以为这样就可以了，但不愧是她的闺密，只点头招呼一下是不肯放过我的。

"哎，哎，我跟阴沉的同学说过话吗？"

我觉得这是很没礼貌的问题，但她似乎没有恶意，就算有，我也不在乎。

"说过。之前在图书馆，我坐柜台的时候你来过。"

她在旁边听着哈哈笑起来，插嘴说："那不算说话哦。"这是你的价值观而已，我心里这么想，但当事者闺密同学也喃喃说："我也觉得不算。"好吧，这对我跟闺密同学都不重要。

"恭子不用回去吗？你的朋友不是在等你？"

"啊，嗯，我要回去了。那个，小樱，我不是有意见啦，只是问一问而已。"

闺密同学一直盯着她，也望了我一眼。

"连续两天，而且是两个人一起在这种只有女生和情侣的店里，交情好是那个意思吗？"

"不是啦。"

她自信满满地说，我咽下否定的言辞。两个人都急着否定，在这种场合会给人不好的印象。

闺密同学露出松了一口气的样子，然后立刻带着讶异的表情，轮流望着我们两人。

"那算什么？朋友吗？"

"所以说交情好啊。"

"小樱,不要说了,你有时候搞不清楚状况。阴沉的同学,你跟樱良只是普通朋友,对吧?"

不愧是她的闺密,很了解她。我思考着该如何处理飞来的流弹,选了最恰当的回答。

"算交情好吧。"

我同时看着两张面孔,一张惊讶泄气,一张愉快微笑。

闺密同学故意叹了一口气让我听到,狠狠盯着她,抛下一句:"明天你得好好说清楚。"然后跟她挥挥手走开了。

她明天约好的朋友就是这位吧。这次惹火烧身的不是我而是她,让我很高兴。

至于明天开始又要受到同班同学的注目,我已经决定不管了。只要没有实质危害,就睁一只眼闭一只眼算了。

"讨厌,没想到会碰到恭子。"

她又惊又喜地说,径自拿了我盘子上的蕨饼吃。

"我跟恭子从初中就认识了。她个性很倔强,起先我觉得她有点儿可怕,但说上话之后立刻就要好了起来。她是个好人,交情好的同学也跟她好好相处吧。"

"……你生病的事不跟闺密说,行吗?"

我明知这是泼她冷水,还是说了。她积极向上的多彩心情一瞬间泛白了。但我不是故意要伤害她的。

我只是觉得既然剩下的时间已经不多了,就应该坦诚地活下去,所以才问她的。我心想,她的闺密比我重视她得多,她最后的时间跟闺密一起度过,绝对更有价值才是。以我而言,这算很稀奇地为他人着想了。

"没关系,没关系!她其实很多愁善感的,要是跟她说了,每次见到我,她一定会哭的。那就一点儿也不好玩儿了吧?我已经决定尽量对周围的人隐瞒,这是为了自己。"

她的话和表情像是用意志力弹飞了我泼的冷水。这足以让我不再多说。

只不过,从昨天开始就藏在我心里的疑问被她的意志力勾了出来。我觉得非问她不可。

"你啊。"

"嗯?什么?"

"真的要死了吗?"

她瞬间面无表情。光是看到她这样,就让我觉得早知道不问就好了。但是我连后悔的时间都没有,她就恢复了原状,跟平常一样表情千变万化。

一开始是笑容,然后是为难、苦笑、生气、悲伤,接着又回到为难,最后她直视我的眼睛,笑着说:

"要死了哦。"

"……这样啊。"

她比平常更频繁地眨着眼睛,笑了起来。

"我要死了呢。好几年前就知道了。现在医学很进步,不是吗?看得出的症状几乎都没有,寿命也延长了。但还是会死。说是大概再有一年吧,不知道撑不撑得了那么久。"

我并不特别想知道,她的声音还是确确实实地传到了我的鼓膜。

"我只能跟交情好的同学说。可能只有你能给我真相和正常生活吧。医生只能给我真相。我的家人对我说的每句话都反应过度,实在很难说是正常。朋友们要是知道了一定也一样。只有你知道了真相，还是正常地跟我来往，所以我跟你在一起很愉快。"

我的心好像被针刺了一样痛了起来。因为我知道我并没给她这些。硬要说我给了她什么的话，恐怕只有逃避而已。

"昨天我也说了，你太瞧得起我了。"

"不管这个，我们果然看起来像一对吧？"

"……你这么说有什么用意？"

"没什么……"

她津津有味地叉起巧克力蛋糕送进嘴里，果然怎么看也不像马上要死了。我突然惊觉。

所有的人看起来都不像马上要死了。自己、被杀人犯杀死的人和她，昨天都还活着。没有人露出要死的样子过活。原来如此，所有人今天的价值都一样，可能就是这个道理。

我陷入沉思，她好像告诫我一般，说道：

"不要摆出这种复杂的表情，反正你也会死。我们在天国见吧。"

"……说得也是。"

没错，以为她对活着这件事抱着感伤只是我的自以为是，我确信自己不会比她先死的傲慢。

"所以跟我一样多多积德哦。"

"就是，你死了的话，我就信佛吧。"

"就算我死了，你也不许对别的女生出手哦！"

"不好意思，我跟你只是玩玩而已。"

哇哈哈哈哈，她一如既往豪爽地笑起来。

我们吃得饱饱的，各自付了账，走出店里，今天就此回家。"甜点天堂"离学校有点儿距离，本来我们要骑自行车的，但先回家拿车太麻烦又花时间，所以就照她的提议穿着制服走过来了。

归途中，我们俩沿着国道碎步前行，沐浴在已经西斜的阳光下。

"天气热也很好啊……这可能是最后的夏天了，非得好好享受不可。接下来要做什么呢……说到夏天，你第一个想到什么？"

"西瓜冰棒吧。"

她笑了。我觉得她好像一直在笑。

"不是西瓜？"然后，"还有呢？"

"刨冰。"

"都是冰啊！"

"那说到夏天，你会想到什么？"

"我还是会想到海边、烟火跟祭典吧。还有，就是一个夏天的Adventure！"

"你要去挖黄金吗？"

"黄金？为什么？"

"Adventure 不就是冒险吗？"

她故意叹了一口气，两手手掌摊平朝上，摇摇头。这大概是惊愕的姿势，但看起来却比较像恼火。

"不是那种冒险啦。夏天，冒险，知道是什么意思吧？"

"起个大早去抓独角仙吗？"

"我明白了，交情好的同学是笨蛋。"

"一到某个季节，脑子就被恋爱支配才是笨蛋呢。"

"你很清楚嘛！真是的！"

她脸上挂着汗珠瞪着我，我不禁移开视线。

"已经这么热了,不要故意为难我。"

"你不是说天气热也很好吗?"

"一个夏天淡淡的恋情。一个夏天的过失。既然是高中女生,就多少该有这种经历吧?"

淡淡也就罢了,过失不太好吧?

"既然活着就该谈恋爱。"

"一辈子有过三个恋人,足够了吧?"

"怎么说呢,人心不是能用数字表达的。"

"乍听之下好像很深奥,仔细想想这话根本没有道理。简而言之,就是你还想交男朋友吧。"

我随口这么说,本以为她也会回我玩笑话,但我错了。

她突然停下脚步,陷入深思。在毫无预警的情况下,我持续往前比她多走了五步,才转身看她在干什么。大概是发现路上有一百日元的硬币吧。她却站在原处直直望着我。她双手背在背后,长发随风飘扬。

"怎么啦?"

"要是我说我想交男朋友,你肯帮忙吗?"

那是想试探我的表情。简直像是硬装出意味深长的表情一样。

这表情的意义,她话中的含意,不善与人交际的我完全不明白。

"帮忙是帮什么忙?"

"……嗯,没什么。"

她摇摇头,再度迈步前进。她走到我旁边时我瞥了她一眼,刚才的意味深长已经被一贯的笑容取代。我越来越搞不懂了。

"难道是要我介绍朋友给你的笑话吗?"

"不是。"

"那到底是怎样？"

"没关系啦，反正不是小说，你要是以为我说的每一句话都有意义就大错特错啦。没什么意思的。交情好的同学该多跟别人来往。"

"……这样啊。"

我觉得自己好像被迫接受了她的说辞，既然没有意义，那特意否定不是很奇怪吗？我心里这么想但没有说出口。没说出口是因为我的草船精神。我觉得她散发出不允许这个话题继续的氛围。总之，是不善交际的我的感觉，难说到底是对是错。

我们在学校附近的路上分道扬镳，她挥着手大声说：

"那我决定下次要做什么再告诉你哦……"

不知何时，事情就变成我一定会参加她的活动了。我没有追究这点，只对她挥挥手转过身。我可能觉得事已至此，干脆一不做二不休了。

我回家之后又想了想，仍旧不明白当时她的表情和那些话到底是什么意思。

大概到死也明白不过来吧？

4

说白了，《共病文库》就是她的遗书，我是这么理解的。她在那本全新的笔记本上将日常发生的事情和感想写下来。记录的方式看来有她的规则。

要说是怎样的规则，据我所知，第一就是并非每天都有记录。某天发生了值得在自己死后留下轨迹的特别事情，或某天有了特殊的感想，她才会记录在《共病文库》上。

第二，除文字以外，她不在《共病文库》上留下任何其他的信息，比方说绘画、图表之类的。她似乎觉得这些不适合文库本，所以《共病文库》上只有黑色圆珠笔的字迹。

然后就是她决定在死前不对任何人公开《共病文库》。除了我因为她的疏忽这种不可抗力看到了开始的一页，她生命的记录没有任何人看过。她好像跟父母说过死后要让所有亲近的人看，所以不管她现在怎么写，上面的内容都要在她死后才会让周围的人知道。所以这果然还是她的遗书。

因此，在她死前本应当没有人能影响这份记录，也不会受到这份记录的影响，但我曾经对《共病文库》提过一次意见。

那就是我希望我的名字不要出现在《共病文库》上。理由很单纯，因为我不想在她死后受到她双亲和朋友无谓的质问和指责。我们一起当图书委员的时候，她曾经说过《共病文库》里会有"各色人等登场"，在那时候我正式拜托过她。她说："是我要写的，我爱怎么写就怎么写。"说得很有道理，我就不再坚持了。她还加上一句"越不让我写我越想写"，她死后会发生什么麻烦事，我就不管了。

所以我的名字可能会在跟烤肉和甜点相关的记录上出现，但去过"甜点天堂"之后的那两天，《共病文库》里应该没有我的名字。

理由是那两天我跟她在学校连话也没说过一句。这并不奇怪，我跟她在教室的活动模式原本就完全不同，但烤肉跟甜点的日子是例外。

我去学校，考了试，默默地回家。我感觉到她的朋友和其他同学的视线，但我跟自己说没有必要介意。

这两天真的没有什么特别。一定要说出两件小事的话，其一就是我默默地打扫走廊的时候，平常瞥都不瞥我一眼的同班男同学来跟我搭话。

"哟，平凡的同学，你在跟山内交往吗？"

这种措辞实在太不委婉，反而让人觉得很爽快。我心想，搞不好这位同学对她有好感，所以把怒气搞错了对象、发在我头上，但从他的样子看来不是这么回事。他的表情没有一点儿阴郁的样子。一定只是个充满好奇、爱管闲事的家伙。

"没有。绝对不是。"

"这样啊？但是你们去约会了，不是吗？"

"只是碰巧一起吃饭而已。"

"原来如此。"

"你干吗问这个？"

"嗯？啊，难道你以为我喜欢山内？不……是……啦……我喜欢文静的女生啦。"

我并没问他，他却毫不在乎地叽里呱啦说个不停。她不是文静的女生这点，我很难得地跟他意见相同。

"这样啊，没有啦。班上大家都在讨论。"

"大家搞错了，我不在乎。"

"真是成熟……要吃口香糖吗？"

"不要。拿一下畚箕，好吗？"

"我去拿。"

每次打扫的时候他都偷懒，我以为会被拒绝的，没想到他就乖乖拿来了。可能他只是不知道扫除的时候该干什么，有人教他他就会做也说不定。

在那之后他就没再追问。这两天跟平常不一样的事，这是第一件。

跟同班同学说话并不讨厌也不愉快。但另一件不寻常的事情，虽说是小事，却让我有点儿郁闷。原本夹在文库本里面的书签不见了。

幸好我记得看到哪里。但书签不是书店的赠品，是我以前在博物馆买的薄薄的塑料制品。不知道什么时候搞丢的，反正是自己不小心，怪不得别人，我陷入了久违的郁闷。

虽然因为这种小事心情不好，但这两天对我来说仍旧跟平常一样。我的平常一向很平静，也就是说，并没有被不久于人世的女生给缠住。

平常开始崩坏是在星期三晚上。我正享受着最后的"平常"时，收到了一条短信。

当时并没察觉事情开始出现异状，不管我愿不愿意，我就像是登场人物吧。小说里，知道第一章是哪个场面的只有读者，而登场人物却什么也不知道。

短信的内容如下：

考试辛苦了！明天开始就放假了呢！【笑脸】我就直接说了，你有空吗？反正一定有空吧？我想搭车去远行！【PEACE】你想去哪里？

虽然被别人妄下断语让人有点儿不爽，但我的确有空，也没有拒绝的理由。于是我回她："去你死前想去的地方就好。"

当然，这让我之后自食恶果。把事情的决定权交到她手上会有什么后果，我早该料想到的。

她继而传来了指定时间和地点的短信。地点是县内数一数二的大车站，时间则早得有点儿怪，但我想是她一时高兴，便不以为意。

我只回了她两个字，她立刻就传来当天最后的短信。

"不遵守约定绝对不行哦……"

就算对象是她，我本来也不是不遵守约定的人。我回传了"没问题"，然后把手机放在桌上。

先把哏说破好了，"约定"这个词完全是她的陷阱。陷阱是我的解释啦。我以为她说的"约定"是指明天出游,其实不是。她说的"约定"是指我说的"去你死前想去的地方就好"。我失言了。

第二天一大早,我到了会合地点,她已经到了。她背着从来没背过的天蓝色背包,戴着从来没戴过的草帽,简直像是要去旅行一样。

她看见我一脸惊讶,连招呼都没打,就说:

"你也太轻便了吧!只带这些?换洗衣物呢?"

"……换洗衣物?"

"嗯……算了,到那边买就好。应该有优衣库吧。"

"……那边?优衣库?"

我第一次开始觉得不安。

她不顾我的怀疑跟问题,看着手表反问我:"早餐吃了吗?"

"吃了面包。"

"我还没吃。去买好吗?"

没问题啊,我点点头。她笑着大步朝目的地走去。我以为她要去便利商店,但她去了便当店。

"咦,要买火车便当?"

"嗯,在新干线上吃。你要不要?"

"等下,等下。"

她兴致盎然地望着陈列的各种便当,我抓住她两只手腕,把她拉离收银台。收钱的阿姨宽容地笑着看我们。我望着她,她挂着一副"你干吗这样"的惊愕表情,让我惊愕。

"该有这种表情的人是我吧?"

"怎么啦?"

"新干线?火车便当?你给我说清楚,今天打算做什么?"

"就说了搭车去远行啊。"

"搭车是新干线？远行是要去哪里？"

她好像终于想起来的样子，把手伸进口袋里，拿出两张长方形的纸片。我立刻就明白了，是车票。

她递了一张给我，我看了，惊愕地睁大了眼睛。

"哎，你开玩笑吧？"

她哇哈哈哈地笑起来。看来是认真的。

"这里不能一日往返，还是重新考虑吧。"

"……不是，不是，交情好的同学，不是这样啦。"

"太好了，果然是开玩笑。"

"不是，不是一日往返啦。"

"……啥？"

接下来我们的对话实在太没建设性，所以省略。总之，最后就是我被打败了。

她坚持己见，我设法说服；她使出昨天的短信那张王牌，咬定我基本上不会不遵守约定这点。

当我回过神时，已经坐在新干线上了。

"啊……啊。"

我眺望着窗外流逝的景色，不知该不该接受眼前的现状。她在我旁边津津有味地吃着炊饭便当。

"我是第一次去……交情好的同学去过吗？"

"没有。"

"不用担心，我为了今天买了旅游杂志。"

"哦，这样啊。"

61

随波逐流也该有个限度吧，我斥责自己。

顺便一提，新干线的车票钱跟烤肉一样都是她出的。虽然她说不必介意，但我也有自己的尊严，不还她不行。

我心里想着要不要去打工，她把蜜柑递到我面前。

"要吃吗？"

"……谢谢。"

我接过蜜柑，默默剥皮。

"无精打采呢……难道你不想搭我的顺风车？"

"没有啊，搭了呢。你的顺风车，还有新干线，我正在反省呢。"

"怎么这么郁闷，旅行要开开心心的啊！"

"与其说是旅行，不如说是绑架吧。"

"与其反省自己，不如看我吧。"

"所以你说这种话到底是什么意思啊？"

她吃完便当，毫不在意地盖上盖子，用橡皮筋圈住。显然是生活中习以为常的利落手法。

我无意指责她散发出的现实感跟实际状况的差异，只默默地一瓣瓣吃着蜜柑。这是她在小卖店买的，意外地又甜又好吃。我望向窗外，外面是一片平常看不到的田园风景。我看见田间的稻草人，不知怎么，决定抵抗反正也是白费力气，还是认命算了。

"对了，交情好的同学全名叫什么啊？"

她一直在我旁边翻旅游杂志研究当地名产，突然有此一问。苍翠的山脉让我心情平和下来。我直接回答她。这个名字并不怎么稀奇，她却充满兴趣地频频点头，然后低声叫了我的全名。

"有名字跟你很像的小说家，对吧？"

"对，虽然我不知道你想到的是谁。"

我想起自己的姓和名，分别联想到的两个作家。

"难道是因为这样才喜欢小说？"

"虽不中亦不远吧。一开始阅读确实是因为这样，但喜看小说是因为觉得有趣。"

"哦……你最喜欢的小说家跟你同名？"

"不是。我最喜欢的是太宰治。"

她听到文豪的名字，有点儿意外地睁大了眼睛。

"太宰治，写《人间失格》的那个？"

"对。"

"你喜欢那种阴沉的作品啊。"

"小说的气氛确实有点儿钻牛角尖，可以感觉到太宰治的精神透过文字传达出来，但不能以'阴沉'两字下断言。"

我很难得有兴致解释，她却意兴阑珊地嘟起嘴来。

"嗯……反正我没有要看。"

"你好像对文学没什么兴趣。"

"是啊……没兴趣。但是我看漫画。"

应该是，我心想。这不是好坏的问题，而是我无法想象她静静地阅读小说的样子。就算是看漫画的时候，她也一定是一边在房间里东摸西摸，一边发出各种声音吧。

继续对方没兴趣的话题毫无意义，我转而问她我在意的问题。

"你爸妈竟然答应让你出来旅行，你使了什么手段？"

"我说要跟恭子出去旅行。只要说我在死前想做什么，我爸妈通常都会含着眼泪答应。但是跟男生出去旅行是有点儿那个啦……不知道他们会有什么反应,所以……"

"你真是太过分了,这样利用你爸妈的感情。"

"那你呢?你怎么跟令尊令堂说的?"

"我不想让我爸妈担心,骗他们说我有朋友,要住在朋友家。"

"好过分,好可怜哦。"

"你不是说这样不伤害到任何人吗?"

她愕然地摇摇头,从脚边的背包里拿出杂志。害我不得不跟亲爱的爸妈说谎的人就是她好嘛,这是什么态度啊。她翻开杂志,趁此良机,我也从包包里拿出文库本,专心阅读。从一大早就应付非日常的一切让我疲累,还是委身于故事中获得心灵上的慰藉吧。

我这么想着的时候,会不会就是她来干扰我平静的伏笔呢?到底是谁害得我这样成天疑神疑鬼的啊。接下来我重要的时间并没有被任何人打搅。我专心看了一小时小说,看到一个段落时,突然发觉我的平静并未被打搅。我望向旁边,她把杂志搁在肚子上,一副睡得很舒服的样子。

看着她的睡脸,我心想,要不要在她看不出罹患重病的健康肌肤上涂鸦。但还是算了。

在那之后,一直到新干线到达目的地前她都没有醒来。到达之后也没有醒来。

这种说法好像她短暂的一生就在新干线上结束了一样,但其实她只是没睡醒。有不吉利的误会可不好。我轻轻地捏她的鼻子,她哼了几声,但没有醒来。我使出"撒手锏",用橡皮筋弹她毫无防备的手背,她才夸张地蹦起来说:"你可以叫我啊!"然后一拳打在我的肩膀上。我好心叫她起来竟然得到这种回报,真是难以置信。

幸好这里是新干线的终点站，我们得以拎着行李悠闲地慢慢下车。

"我第一次来这里！哇！有拉面的味道！"

"是你多心了吧？"

"绝对有！你鼻子坏掉了吧？"

"幸好不是你脑子坏掉了。"

"坏掉的是胰脏啦。"

"这招必杀技过于卑鄙，从现在开始禁止使用。太不公平了。"

她笑着说："那，交情好的同学也练个必杀技吧？"话虽如此，但我近期并没打算罹患重病，便慎重地拒绝了。

从月台搭长长的电扶梯下去，来到有着琳琅满目的土特产店跟休憩处的楼层。这里好像刚刚改装过，充满了清洁感。我很喜欢这样的空间。

我们搭上往地面层的电扶梯，终于出了查票口。走出去的瞬间我大吃一惊。真的假的？我怀疑自己的感官。空气中正如她刚才说的，有拉面的味道。怎么会有这种事？这要是事实的话，那就能说某府有酱汁的味道，某县有乌龙面的味道吧？我还没去过那些地方，不能否定有此可能，但真有某一种料理能这样侵蚀人类的正常生活吗？

她在我旁边，我不用看也能想象她一定正满面笑容，所以我绝对不看。

"好啦，要去哪里？"

"嘻嘻嘻，欸？"

真够郁闷的。

"啊，要去哪里呢？去看学问之神吧。但是在那之前要先吃中饭。"

65

这么一说，我也觉得肚子饿了。

"我想还是吃拉面好了。如何？"

"我不反对。"

她在人来人往的车站里大步往前走，我跟上去。她的步伐毫不迟疑，看来好像是要去在新干线上看的杂志里提到的店。我们往下到地下层，又走到车站外面，意外地很快就到了位于地下街的拉面店附近。走到面店前的台阶处，就闻到独特的香味越来越浓，我的忧虑稍微减轻了一点儿。店外的墙上贴着著名美食漫画到此地取材的报道，看来不是什么奇怪的店，我这才放心。

拉面很好吃。点餐之后上菜速度很快，我们狼吞虎咽地吃完了。两人都再次加了面。当店员询问面的硬度时，我听到她说"钢丝"，便很有礼貌地吐了槽。没想到竟然有这种硬度分类，我如此无知而丢脸的事幸好没别人知道。顺便一提，"钢丝"只是把细面条在热水里过一下的程度而已。

吃饱之后，我们立刻搭上电车。她想造访的学问之神的神社，搭电车约需三十分钟，虽然没必要赶路，但这次旅行的主人公想快点儿去，我就乖乖从命了。

我在电车上想起某处看到的情报，便开口说：

"这个县好像治安不太好，最好小心一点儿，听说有不少枪击事件。"

"是吗？但哪个县都一样啊。我们邻县不久之前不是才发生过杀人案嘛。"

"新闻已经没在报了。"

"警方在电视上说随机杀人魔好像最难抓到。俗话说，好人不长命，祸害遗千年啊……"

"不是这种层面的问题吧。"

"所以你会活下来，我却要死啦。"

"我现在才知道格言根本靠不住。好好记着啦。"

电车在三十分钟后把我们送到了目的地。天气晴朗得让人不爽，只是站着不动就汗流浃背。我本来以为没带换洗衣物没关系，看来待会儿还是去一下优衣库比较好。

"天气好——好——"

她带着要跟太阳争辉般的笑容，踏着轻快的步伐登上通往神社的坡道。虽然不是假日，通往神社境内的参道仍旧人潮汹涌，两旁有土特产店、杂货店、餐饮店，还有贩卖奇怪T恤的小店，看着就很有趣。特别吸引我们目光的是好几家名产饼店，美味的香气刺激着鼻腔。

她不时会走进店里去看，虽然结果什么也没买，但卖方也明白她只是看看，所以可以安心地享受逛街的乐趣。

我们满头大汗，终于爬上参道，我先去自动贩卖机买饮料。贩卖机设立在刺激购买欲的绝妙地点，虽然败给了商人的手段很不甘心，但理性在口渴这种生死攸关的生理需求前只得败下阵来。

她甩着汗湿的长发，仍旧挂着笑容。

"好青春哦！"

"天空是很蓝，但不是春天……好热。"

"你有参加运动社团吗？"

"没有。出身高贵的人不用运动的。"

"不要小看高贵的人。要运动啊……你跟我这病人一样满头大汗不是?"

"这多半跟运动不足没啥关系。"

周围的人估计也到达了体力的极限,毫不顾忌地坐在树荫下的人多的是。今天好像特别热。

我们仗着年轻和补充水分免于脱水症状,继续往前走。洗了手,摸了发热的牛雕像,望着在水里浮游的乌龟,走过小桥,终于来到学问之神的面前。为什么途中还碰到牛,我阅读了说明,但热得要命便忘记了。她则一开始就完全没有阅读的意思。

我们站在神明的钱包奉纳箱前面,往箱子里丢了适当的香火钱,好好地行礼两次,拍手两次,再行礼一次。

我在哪里读过,参拜并不是要跟神明祈求。参拜本来的目的是在神明面前表达决心。即便如此,我现在并没有什么决心。无可奈何之下,只好帮一下身边的她了。我做出不知道不能祈求的样子,跟神明许了愿。

希望她的胰脏能好起来。

回过神来,我发现她默祷的时间比我还久。明知道不会实现的愿望,许起来一定比较容易吧。或许她许的是完全不同的愿望也未可知。我并不打算问她。祈愿是一个人默默做的事。

"我希望能在死前都精神饱满。交情好的同学呢?"

"你总是践踏我的感情呢。"

"咦,难道你许愿我越来越衰弱?太过分了!我看错你了!"

"我干吗希望别人不幸啊。"

其实我许的愿望跟她的预测完全相反,但我没告诉她。话说这不是学问之神吗?也罢,神明是不会计较这种小事的。

"哎，我们去求签吧。"

她的提议让我皱起眉头。我觉得她的命运跟签无关。签上面写的是未来的事情，而她却没有未来。

她跑到求签处，毫不迟疑地在箱子里丢了一个百元硬币，抽了一张签。我无可奈何也抽了一张。

"求到好签的就赢了。"

"你把求签当成什么啦？"

"啊，大吉欸！"

她高兴的样子让我哑口无言。神明到底是怎么看她的呢？这证明了求签根本没有意义，还是这算神明温柔地对待已经抽到大凶的她呢？

她大声叫起来。

"啊哈哈哈哈哈哈哈哈！快看，快看！疾病终会痊愈欸！说来根本治不好嘛！"

"……你高兴就好。"

"你呢？"

"吉。"

"小吉的下面吗？"

"也是大吉的下面啊。"

"不管怎样都是我赢啦。嘿嘿。"

"你高兴就好。"

"上面写着良缘将至。真好啊。"

"要是真的觉得好，干吗用这种口气说话？"

她歪着头靠向这边，在非常近的距离笑起来。分明只要不开口就很可爱啊。我不禁这么想,然后觉得自己实在太愚蠢了。

我别开视线,听见她"嘿嘿嘿嘿"地笑着。她光顾着笑,什么也没有说。

我们走出本殿,沿着来路回去。我们没有走上来时走的小桥,而是沿着左边绕过去,经过宝物殿跟叫作菖蒲池的水塘。池塘里有好多乌龟。我们在小卖店买了些乌龟的食物撒到池塘里。望着乌龟缓慢的动作,暑气似乎消散了一些。我专心地喂乌龟的时候,她好像去跟小女孩儿搭话了。我看着她温柔的态度,再度觉得我跟她实在完全相反。小女孩儿问:"姐姐,那是你男朋友吗?"她说:"不是哦……是好朋友哦……"小女孩儿完全混乱了。

喂完乌龟,我们沿着池塘边走,来到一家餐厅。在她的提议下我们稍事休息。店里冷气很足,我们不由得呼出一口气。宽敞的店里除了我们,还有三组顾客:一家人,一对高雅的老夫妻和四个有点儿吵闹的大婶。我们坐在窗边的榻榻米座位上。

不一会儿,和善的店员婆婆就送来两杯水,问我们要点什么。

"两个梅枝饼。我要喝茶,你也喝茶吗?"

我点点头。店员婆婆微笑着走到后厨。

我喝着冷水,感觉身体的温度渐渐下降。清凉的感觉一直传到指尖,真舒服。

"那个点心叫作梅枝饼啊。"

"是名产哦。杂志上写了。"

我们根本还没开始等,店员婆婆就送来用红盘子装着的梅枝饼和两杯绿茶,还说:"久等了。"这里要先付账,我们分别把钱给了店员。

梅枝饼似乎是店里常备的白色圆饼，外皮薄薄松松，一口咬下去，里面溢出的红豆馅香甜又略带咸味，非常好吃，搭配绿茶很适合。

"好好吃哦！跟着我来没错吧。"

"还可以啦。"

"真是不坦率。这样的话，我不在了，你就又一个人啰？"

"……"

无所谓。我是这么想的。对我来说，现在的状况才是异常。

她不在的话，我只不过回到原来的生活而已。不跟任何人接触，藏身于小说的世界。只不过是回到那样的日常。绝对不是什么坏事。但是我并不想让她理解。

吃完梅枝饼，她一边喝茶一边把杂志摊在桌上。

"接下来要做什么？"

"哦，你兴致很好啊。"

"反正我在新干线上看见稻草人的时候，就决定一不做二不休了。"

"这样啊。不知道你在说什么。我把死前想做的事情列了清单呢。"

很好。这样的话，就会发现跟我在一起是浪费时间吧。

"跟男生一起旅行啊，在发源地吃豚骨拉面，这次旅行这些都一并实现了，总之，今天我最终的目的是晚上吃牛杂锅。要是能实现的话就可以高呼万岁了。交情好的同学还有想去的地方吗？"

"没有，我对观光地点基本上没有执念，反正我也不知道哪里有什么。昨天短信里也说了，去你想去的地方就好。"

"嗯……这样啊……要去哪里呢……啊！"

她突然惊叫出声。原因是店里传来器皿破碎的声音跟粗野的悲鸣。我们望向声音来处，看见一直喧闹的四个大婶之一的胖女人歇斯底里地喊叫。店员婆婆在她旁边低头道歉。看来是店员婆婆不知怎么绊了一下，失手打翻了茶杯。陶制茶杯摔碎的声音让正烦恼着接下来要做什么的她吓了一跳。

我观察着眼前的状况。店员婆婆一直道歉，但被茶水溅到的大婶却越发歇斯底里，那副模样简直称得上发狂了。我望向对面，她也正喝茶旁观。

我本来期待事态能圆满收场，但跟我的期待完全相反，怒火高涨的大婶凶狠地猛推店员婆婆。被推的婆婆撞到身后的桌子，跟桌子一起倒在地上。桌上的酱油瓶跟免洗筷散落一地。

看到这一幕，仍旧决定继续旁观的只有我。

"喂！"

她以我从来没听过的大嗓门儿叫道，从榻榻米座位上下来，跑到婆婆身边。

果不其然，我心想。一言以蔽之，我只想当旁观者，她却想成为当事人。我把自己当成镜子映照一切，她则一定挺身面对，我就知道会是这样。

她一边扶起婆婆，一边朝敌对的女性大吼。当然对方也不甘示弱。但这就是她真正的特质吧。店里其他客人——一家子的爸爸跟那对老夫妇——都站起来，开始声援她。

除当事人以外，承受各方责难的大婶们也都满面通红，嘴里喃喃抱怨，像逃难似的离开店里。"敌人"撤退后，婆婆跟她道谢，其他人赞美她。我则仍旧在喝茶。

她把倒下的桌子扶起来，回到座位。我跟她说"你回来啦"，她好像生起气来。我以为她要斥责我置身事外，但并非如此。

"那个阿婶突然把脚伸出来，婆婆才绊到的。真是太过分了！"

"是吧。"

世上有认为旁观者跟加害者同罪的想法。倘若如此，那我跟那个大婶同罪，无法严厉地谴责她。

她来日不多，却熊熊燃烧着正义的怒火。我望着她，心想，真是好人不长命，祸害遗千年。

"比你早死的好人多得很。"

"真的呢！"

她的同意让我不禁苦笑。果然她不在了的话，我就独自一人了。

离开店里的时候，婆婆跟她道谢，送了她六个梅枝饼。她一开始婉拒，但在阿婆的坚持下就愉快地收下了。我也吃了刚烤好没多久的梅枝饼，享受不同的温润口感。这样也很好吃。

"总之，去市中心吧，反正得去找优衣库。"

"说得也是，没想到会流这么多汗。真是不好意思，在你死前我一定会还的，可以借我钱吗？"

"哎，不要。"

"……你真是恶魔。到地狱去跟鬼套交情吧。"

"哇哈哈哈，骗你的啦。开玩笑，开玩笑。不用还，没关系。"

"不行，你付的钱我全部要还。"

"真是顽固。"

我们搭上电车，回到原来出发的车站。电车里很安静。老人们打着瞌睡，小朋友们聚在一起小声地开"作战会议"。她在我旁边看杂志，我心不在焉地眺望窗外。时刻已近黄昏，但夏日的天空仍旧明亮。一直明亮下去就好了。每到这个时辰，我就会一时兴起，生出这种念头。

早知道跟神明祈求这个就好了，我一个人喃喃自语。她在我旁边合上杂志，闭上眼睛，就这样一直熟睡到我们下车的车站。

到了车站，人比白天多得多了。我们夹在放学的学生和下班的上班族中悠闲地走动。我觉得本地人走路的速度比其他地方的人快。治安不好的县里，大家都想避开麻烦吧。

我跟她讨论了一下，决定去县内最热闹的商店街。用手机搜索了一下，那里好像也有优衣库。后来查了路线才发现，其实从神社那里到市中心的车站不用出站就可换车，但被强行拉来的我不可能事先调查，而她则不是会在意这种细节的人。

我们搭地铁前往目的地。

晚上八点，天已经全黑了。我们坐在可以放脚的榻榻米座位，吃着热气蒸腾的火锅。这道本地名菜只放了牛杂、包心菜跟韭菜，味道让原本断定"肉比内脏好吃"的我说不出话来。当然，她一直吵个不停。

"活着真好啊……"

"真是至理名言。"

我喝着自己碗里的汤，细细品味。真好喝。

到了商店街后我们先逛街，去了优衣库，然后随便走走。她说要买太阳眼镜就去了眼镜行，我则看见书店就走了进去。在陌生的地方逛街自有乐趣，无意经过公园追鸽子，在代表本县的名产店里试吃点心，时间一下子就过去了。

天色开始变暗时，本地人去逛成排的路边摊，我瞥着他们，走向她看中的牛杂火锅店。不知道是因为今天不是假日,还是我们运气好,虽然店里很热闹,但我们立刻就有了位子。她得意地说:"都是托了我的福。"我们没有预约,什么也没有,所以绝对不是托了她的福。

吃饭的时候我们几乎没说话。她一直在称赞火锅,我则默默地咋舌,不需无聊的对话,得以好好享受餐点。面对美食就必须如此。

正当店员把中华面下到浓缩了精华的火锅汤里时,她又开口说了些废话。

"这样我们就是一起吃火锅的伙伴啦。"

"难道你的意思是吃同一锅饭那种感觉?"

"不只这样哦。我都没跟男朋友一起吃过牛杂锅呢。"

她嘻嘻笑着。笑的方式跟平常不一样,可能是酒精的缘故。她分明是高中生,却公然点了酒。她毫不胆怯地点了,店员也毫不惊讶地接单,送上了一杯白酒。根本应该报警的。

她的心情异常地好,比平常多说了自己的事。与其自己开口,我反而比较喜欢听别人说话,所以刚好。

不知怎么,就说到了她的前男友,正好也是我们的同班同学。

"他人真的非常好。嗯,真的。他来跟我告白,我心想他是个好人,又是朋友,跟他交往应该没问题吧?但问题就在于,其实不是这样的。你看,我说话很直白,不是吗?我这样他马上就会生气,吵起架来,他就会一直生气,要是普通朋友还好,但一直在一起就很讨厌了。"

她喝了一口酒。我只默默地听着毫无共鸣的话。

"恭子也很喜欢我的前男友。表面上是个爽朗青年啦。"

"跟我应该完全扯不上关系。"

"是啊。恭子对你也敬而远之。"

"你不觉得说这种话会伤害到我吗？"

"你受伤了吗？"

"没有。我也对她敬而远之，所以扯平了。"

"但是我死了以后，希望你能跟恭子好好相处。"

她态度一变，直视着我。看起来是说真的。我没法子，只好回答："我会考虑。"她加上一句："拜托啦。"意味深长的一句话。我本来想着反正不可能好好相处的，但她让我动摇了，稍微动摇了。

吃完牛杂锅走出店，夜风迎面而来，让人神清气爽。店里虽然开着冷气，但好多火锅咕嘟咕嘟地滚着，冷气几乎没什么作用。她付了账在我身后出来。我跟她说好了，一起旅行的条件就是这次的费用我一定要还给她。

"哇……好舒服……"

"晚上还很凉快。"

"是啊……那么，现在去饭店吧。"

今天住的地方我白天就问过她了。那里是可以从我们搭新干线抵达的车站直达的高级饭店，在县内也很有名。她本来要住简单的商务旅馆，但把计划告诉双亲之后，他们说既然要来就住好的地方，出资赞助了她。当然，她爸妈出的钱一半是给她的好朋友，但这责任在她，不关我的事。

回到车站果然立刻就抵达饭店。我并不是以为信息是假的，只是比我想象中的更近而已。

我先看过她的杂志确认，所以饭店豪华优雅的装潢没吓到我。

要是没有心理准备的话,肯定会吓破胆吧。然后她就会完全占了上风。我那一丁点儿的自尊心无法允许这种事情,在杂志上看过书面版本,已经事先吓过一跳,真是太好了。

虽然免于五体投地,但完全不合拍的气氛仍旧让我不自在。我让她去柜台办入住手续,自己坐在高雅大厅的沙发上乖乖等待。沙发又深又软,坐起来很舒服。

她轻松自然地走向柜台,员工都跟她行礼。这家伙长大绝对不好惹,我心里充满确信。然后想起她不会长大了。

我拿出完全不适合这里的塑料瓶喝茶,从旁看着她办入住的样子。

接待她的是一位把头发全部往后梳,看起来就像饭店从业人员的消瘦年轻男子。

我想象着饭店从业人员的劳心劳力,她在手边的纸上开始写字。我这里听不到他们说的话,她把纸递回去,柜台人员带着笑容开始在电脑上输入。确定了预约内容之后,他礼貌地跟她说话。

她惊讶地摇头。她的反应让柜台人员也紧张起来,一面再度操作电脑,一面跟她说话。她再度摇头,把背包卸下,从里面拿出一张纸递给他。

柜台人员拿着那张纸跟电脑画面比对,皱着眉头走到里面。她跟我一样无奈地等待。年轻男子带着一位年长男性回来,两人不断对她低头致歉。

之后那位年长男性带着满满的歉意跟她说话。她为难地笑起来。

我看着这一幕,心想到底发生什么事了。最可能的情况是因为饭店的疏失没有预约,但我觉得这样无法解释她为难的笑容。不管怎样，饭店方面都应该设法解决吧。我决定不惊慌，顶多就是到网咖之类的地方等天亮而已。

她带着为难的笑容瞥向这边，我不由自主地点点头。这并没有特别的意义，但她望着我的反应，对柜台后眉梢下垂的两个人说了些什么。

那两人立刻神色一亮，虽然仍旧低下头，但这次好像是跟她道谢。我心想，问题解决了就好。但数分钟之后，我很想揍自己。之前说过好多次了，我缺乏危机处理的能力。

她接过了类似钥匙的东西，柜台人员又对她鞠躬，她走回我这里。我抬头望着她的面孔说："辛苦你啦。"她以表情回答了我的关切，先是嘟着嘴露出羞赧困惑的样子，然后好像观察我的脸色似的眨着眼睛，最后决定豁出去般笑起来。

"那个，他们出了一点儿差错。"

"嗯。"

"原来预订的房间客满了。"

"这样啊。"

"对。因为责任在他们，所以换了比原先预订的好很多的房间。"

"那很好啊。"

"那个……"

她把手上拿的钥匙举起来。

"我们住一间。可以吧？"

"……啥？"

我对着她的笑脸，连半句俏皮话都回不出。

我已经厌倦了这种你来我往。要是有人能读出我的心思，应该就知道接下来会有什么发展。总之，在她的逼迫下，我跟她住进同一间房间。

我不想被当成意志力薄弱、随随便便就跟异性同房的轻薄男子。我跟她之间有所谓的金钱纠葛，她抓住了这点，我甚至说了我可以自己去住别的地方。

我到底是在跟谁辩解啊？

对，辩解。我可以采取强硬态度，跟她分开行动。这我应该还办得到，而她也不会勉强阻止我吧。但是我并没有这么做，这是我的意志。至于理由嘛，怎么说呢，我也不知道。

总而言之，我跟她同住了一间房。话虽如此，我完全没有见不得人的地方。这我一辈子都可以这么说。我们之间清清白白。

"睡在同一张床上真的好紧张哦。"

嗯，只有我是清白的。

"说什么蠢话啊？"

她在光线柔和的水晶吊灯下像跳舞一样转圈圈，然后说了奇怪的话。我瞪着她。西洋风格的宽敞房间里有一张大床，还有高雅的沙发。我坐在沙发上，告诉她一件理所当然的事。

"我睡这里。"

"哎……难得有这么好的房间，当然要睡在床上好好享受啊……"

"那我待会儿在上面躺躺看就好了。"

"你不高兴能跟女生一起睡吗？"

"请不要说这种让我显得很差劲的话。我是彻头彻尾的绅士。这种话你跟男朋友说吧。"

"就是因为不是男朋友，这样好像在做坏事，不是很有趣吗？"

她这么说着，好像突然想起了什么，从背包里拿出《共病文库》，记了一笔。我观察到她常常这么做。

"好——棒——哦——按摩浴缸欸！"

我听到她在浴室里高兴地喊叫，我打开落地窗，走到阳台上。我们的房间位于十五层，虽然还不到套房的程度，但对高中生来说已经奢侈得要命了。厕所跟浴室是分开的，从阳台看出去的夜景非常壮观。

"哇……好漂亮……"

不知何时，她也走到阳台上看夜景。微风吹拂着她的长发。

"两个人一起看夜景，你不觉得很浪漫吗？"

我没有回答，径自回到房中，坐在沙发上，拿起放在前方圆桌上的遥控器打开大电视，开始切换频道。电视上播着很多平常看不到的当地节目，强调方言的综艺节目比她的玩笑有趣多了。

她从阳台进来，关上落地窗，越过我到床边坐下。她"哦哦哦哦"地叫起来，从她的样子看来，床应该很有弹性。好，晚点儿我体验一下也没坏处。

她跟我一样看着大电视。

"方言真的好有趣哦。吃了呗……好像以前的武士。其他方面都这么先进，只有方言保留古风，真是不可思议。"

她很难得地说了有意思的话。

"要是能从事方言的研究工作，应该很有趣。"

"真是稀奇，我跟你意见一致。我也开始觉得上了大学学习这方面的内容很不错。"

"真好，我也想上大学。"

"……你要我说什么才好。"

她不是说笑,而是带着感伤这么说。我希望她不要这样。我不知道自己该有什么感觉。

"没有关于方言的小知识吗?"

"好吧。对我们来说,关西方言听起来都一样,但其实有不同的种类。你觉得有几种?"

"一万种!"

"……怎么可能有那么多。这样随便乱猜是会被讨厌的哦。虽然说法不一,但据说实际上有将近三十种。"

"啊,也不过如此。"

"……到现在为止你到底伤害了多少人啊?"

她交游广泛,数也数不清吧。真是个罪孽深重的人。在这方面我没有朋友,不会做出伤害别人的事。但怎样做人才是正确的,估计人们各有不同的判断。

她暂时沉默地看了一会儿电视,最后还是没法忍耐坐着不动,在大床上滚来滚去,然后大声宣言:"我要去洗澡!"她到浴室去放浴缸的水。水声的背景音乐隔墙传来,她从背包里取出各种小东西,到跟浴室分开的洗面台去梳洗。大概是卸妆吧。我没兴趣啦。

浴缸放好水之后,她兴致高昂地消失在浴室里。"不可以偷看哦。"我收到了一句愚蠢的警告,但我连她走进浴室的样子都没看。因为我是绅士。

浴室传来她哼歌的声音,听着很耳熟,大概是什么广告歌曲吧。我回想着自己为什么会陷入同班同学在隔壁洗澡的现状,同时也自我反省。我抬头望着天花板,水晶吊灯在闪闪发光。

我回想在新干线上被她打的时候,她叫了我的名字。

"交情好的同学,帮我从背包里拿洗面乳来,好吗……"

她的声音在浴室里回荡。我没有多想,起身拿她放在床上的天蓝色背包,打开看里面。

我完全没有多想。

所以眼前的景象,让我的心像地震般动摇。

跟她一样颜色明亮的,背包。

看见里面的东西,完全没必要也没理由动摇,但我的心脏却狂跳个不停。

我分明知道的,分明了解的。这是她之所以存在的前提,但我看见了还是倒抽了一口气。

不要惊慌……

我对自己说。

背包里有好几个针筒,和很多我没见过的药丸,还有完全不知如何使用的检查仪器般的东西。

我设法阻止了自己的思考。

我早就明白的,这是现实,她倚靠医学的力量才活着的事实。但呈现在眼前就感觉到无法言喻的恐怖。我压抑的怯懦立刻就冒出头来。

"怎么啦?"

我转向浴室的方向,她毫不知情地挥舞着濡湿的手臂。我不想理解自己心中萌生的感情,急急找出条状洗面乳,递到她手上。

"谢谢……我现在光着身子!"

我没有回话,她还抢着先吐槽:"你说话啊!好丢脸哦!"然后浴室的门就关上了。

我走到先前被她占据的床边,扑倒在上面。跟想象中一样弹性良好的床垫包覆着我的身体。白色的天花板好像要把我的意识都吸进去似的。

我好混乱。

到底是怎么了。

我分明知道的,我分明了解的,我分明明白的。

但我还是转移了视线。

不忍直视她这个现实。

事实上,我只不过看见了现实的具象化,就几乎要被毫无道理的感情所支配。心灵好像要被怪物吞噬了一般。

为什么?

没有答案的问题在脑中反复回荡,我开始觉得头晕目眩。不知不觉间,我在床上睡着了。醒来的时候,她摇着我的肩膀,头发湿湿地披着。怪物已经不知道上哪儿去了。

"你果然想睡在床上。"

"……我说了啊,躺一下试试。已经够了。"

我从床上起来,过去坐在沙发上。我不想让她察觉怪物的爪痕,尽量面无表情地看着电视。我还能平静地这么做,自己安心地松了一口气。

她用房间里的吹风机吹干长发。

"交情好的同学也去洗澡吧。按摩浴缸好舒服……"

"好啊。不要偷看哦。我洗澡的时候会把人皮脱掉。"

"晒黑的那层?"

"嗯，就是这样。"

我拿起装着跟她借钱买的优衣库衣物的袋子，走进浴室。里面空气潮湿，充满甜甜的香气。明智的我跟自己说，是我多心了。

为保险起见，我把门锁上，脱掉衣服先淋浴，洗头洗澡，然后泡进浴缸里。正如她所说，按摩浴缸让人充满说不出的幸福感。心底残留的怪物脚印好像都被冲刷掉了。泡澡的力量真是伟大。我花了很长的时间，尽量享受接下来十年可能都无缘相会的高级旅馆泡澡体验。

洗完澡出来，水晶灯已经关掉了，房里略显昏暗。她坐在我打算睡的沙发上，圆桌上放着刚才还没有的便利商店的袋子。

"我到楼下的便利商店买了零食……你到那边的架子上拿杯子好吗？两个。"

我照她的吩咐拿了两个杯子，放在桌上。沙发被占了，我坐在桌子另一端品位高雅的椅子上。椅子也跟沙发一样很有弹性，坐起来很舒服。

我心满意足地坐下，她把便利商店的袋子放在地上，从里面拿出一个瓶子，往两个杯子里倒出琥珀色的液体。杯子半满后，她又换了一瓶透明的碳酸饮料，这次倒到几乎要满出来为止。杯中两种液体混合成谜一样的饮料。

"这是啥？"

"梅酒加汽水。这样的比例应该可以吧？"

"我在火锅店就这么觉得了，分明是高中生还这样。"

"这不是耍帅哦，我喜欢酒。你不喝吗？"

"……没办法，就舍命陪君子吧。"

我小心地把斟满的梅酒端到嘴边。久违的酒精香气清爽，喝起来却很甜。

她一边非常享受地喝着梅酒，一边把买来的零食放在桌上。

"洋芋片你喜欢什么口味的？我喜欢高汤味的。"

"除了薄盐都不上道。"

"我真的跟你完全不合拍呢！我只买了高汤味的……活该……"

我一边看着兴高采烈的她，一边喝着酒，果然很甜。本来吃牛杂锅已经很饱了，但看到零食还是想吃，真不可思议。我喝着酒，咔嚓咔嚓地吃着对我来说几乎是邪魔外道的高汤味洋芋片。

两个人都喝完一杯。她开始倒第二杯时提议说：

"玩点儿游戏吧。"

"游戏？难道要下将棋？"

"将棋我只知道规则而已，你好像很会下。"

"我很喜欢将棋，因为一个人就可以下。"

"也太冷清了吧，扑克牌的话我带了。"

她走到床边，从背包里拿出一盒扑克牌，

"两个人打扑克牌才冷清呢。想要玩什么呢？"

"大富豪[①]？"

"一再发动革命的话，就没有国民了哦。"

她愉快地"哇哈哈哈哈哈"笑起来。

"嗯！"

她把扑克牌从塑胶盒子里拿出来，一边洗牌一边摇晃身体，好像在动什么脑筋。我没有说话，吃着她买的百奇棒。

[①] 大富豪：日本扑克牌游戏。

她洗了五次牌，突然停下动作。看来像是想到了好主意。她频频点头，仿佛是在称赞自己，然后用发亮的眼神望着我。

"既然我们在喝酒，那就聊起来，玩真心话大冒险吧。"

从没听过的游戏名称让我皱起眉头。

"这名字也太有哲学意味了吧。"

"你不知道吗？那就一边玩一边说明规则吧。第一，也是最重要的规则，绝对不可以中途弃权。知道了吗？"

"也就是说，下将棋的时候不能把棋盘掀翻？好啊，我不会做出这种扫兴的事。"

"你说的哦。"

她带着恶作剧般的邪恶微笑，把桌上的零食放在地上，熟练地把手里的扑克牌面朝下摊成圆形。一看她的表情就知道，她打算用经验的差距把我打趴下，我鼓足气势，决定要挫挫她的锐气。没问题，扑克牌游戏大部分都是靠思考和运气。只要知道规则，经验应该没什么用的。

"顺便一提，只不过因为刚好有扑克牌所以就拿出来用了，其实猜拳也可以的。"

"……把我的气势还回来。"

"已经吃掉啦。现在从这些牌里选一张，然后对方也选一张。数字大的就赢了。赢的人就获得权利。"

"什么权利？"

"发问的权利，看是真心话还是大冒险。这么说来要玩几次呢？十次好了。总之，你选一张牌。"

我照她所说选了一张牌翻开：黑桃八。

"要是数字一样花色不同呢？"

"麻烦死了，那样就重来吧。刚才我也说过了，这些规则都是随便编的，跟游戏本身没有什么关系啦。"

这次她一边喝梅酒一边选牌：红心J。我搞不清楚到底是怎么回事，但情况显然不利。我提高警觉。

"好棒。那我有权利了。现在我问真心话还是大冒险？你要先说'真心话'。好，真心话还是大冒险？"

"真心话……？"

"那首先，你觉得我们班上哪个女生最可爱？"

"……你突然问这做什么啊？"

"这是真心话大冒险的游戏哦。要是你不想回答的话，就要选'大冒险'。你要是选大冒险的话，我就会指定一个题目让你冒险。真心话或大冒险一定要选一个。"

"真是恶魔的游戏。"

"刚才也说啦，不能中途弃权。你答应过的。你不会做扫兴的事，对吧？"

她带着可恨的笑容喝着酒。我知道要是露出不爽的样子就正中了她的下怀，于是保持面无表情。

不行，不能轻言放弃。绝对有可以突破的点。

"真的有这种游戏吗？不是你刚刚想出来的吧？我说了不会弃权，但要是这样的话，我就要说游戏无效了。"

"很可惜，你以为我的手段有这么差劲？"

"有。"

"嘿嘿，这个游戏很多电影里都有，是很正统的游戏。之前我在电影里看到后查过，是真的。你还特别说了两次不会弃权，真是太感动啦。"

她嘻嘻地笑着，眼神带着明显的邪气，简直跟恶魔一样。

看来我又中了她的圈套。真是不知道第几次了。

"违反善良风俗的真心话跟大冒险都不行。啊，你也不能问有色话题。要适可而止哦，真是。"

"烦死了，笨蛋。"

"好过分！"

她把杯子里的酒喝光，调了第三杯。她脸上总是挂着笑容，有可能是酒精的缘故。顺道一提，我从刚刚开始就脸颊发热。

"总之，先回答我的问题，你觉得我们班上最可爱的女生是谁？"

"我不用外表判断别人。"

"这跟人格无关。只是问你觉得谁长得可爱。"

"……"

"对了，要是你回答大冒险的话，我可不会手下留情的。"

这只让我有不好的预感。

我思索着伤害最少的回避方式，没办法，只好选了真心话。

"我觉得有个女生很漂亮。数学很好的那个。"

"哦……！阳菜啊！她有八分之一的德国血统。哎，原来你喜欢那种感觉啊。阳菜虽然很漂亮，但是不怎么受男生欢迎。我要是男生的话也会选阳菜，你真有眼光！"

"跟你意见相同就是有眼光，你也未免太自大了。"

我喝了一口酒。几乎没有什么味道了。

在她的指示下，我又选了一张牌。还有九次。反正好像不可能中途叫停，我希望剩下的都由我发问。但这种时候我总是运气不好。

我是红桃二，她是方块六。

"好棒，果然老天是站在心地善良的孩子这边的。"

"这让我一下子变成无神论者了。"

"真心话还是大冒险？"

"……真心话。"

"班上阳菜是第一的话，那我是第几？"

"……只能从我记得长相的人来算了，第三吧。"

我想借助酒精的力量，就喝了一大口，她也同时举杯，喝得比我还大口。

"讨厌……是我要问的，还是好丢脸哦！没想到'交情好的同学'会老实回答，更让人不好意思了。"

"我想快点儿结束，所以放弃挣扎啦。"

是喝酒的关系吧，她的脸好红。

"交情好的同学，慢慢玩吧。晚上很长呢。"

"是啊，时间过得真是慢得惊人。"

"我好开心哦。"

她一边说，一边在两个杯子里倒梅酒。汽水已经没有了，杯子里是浓烈的纯梅酒。不只是味道，连香气都甜得不得了。

"这样啊，我是第三可爱的啊……嘿嘿嘿嘿嘿嘿嘿嘿。"

"好啦，我抽牌了，方块 Q。"

"你不想炒热气氛啊。好。啊……红心二。"

我看着她遗憾的表情，打心底松了一口气。我对玩这个游戏所能做出的最大反抗，就是十次里尽量多赢她几次。十次结束后，我发誓再也不会答应跟她玩自己不知道的游戏了。

"好吧,交情好的同学,问吧。"

"哦,真心话还是大冒险?"

"真心话!"

"嗯……说得也是。"

关于她,我想知道什么呢?我立刻就想到了。

"OK,决定了。"

"好紧张哦!"

"你小时候是什么样的小孩儿?"

"……哎,问这种问题就可以了吗?我已经做好了告诉你三围的准备呢。"

"烦死了,笨蛋。"

"好过分!"

她愉快地回嘴。当然我问这个问题的目的,并不是想听她叙述温馨的回忆。我想知道的是她是怎样变成现在这个人的。影响周围的人,也受别人的影响。我想知道她如何成为跟我完全相反的人。

理由只是因为觉得不可思议。我跟她这两种个性,我们的人生到底有怎样的差别呢?要是走了不同的一步,我是不是也会成为她那样的人呢,我在意的是这一点。

"我从小就是个不安分的孩子。"

"应该是,很容易想象。"

"对吧?小学的时候女生都比较高,不是嘛?我跟班上最高的男生吵架、打破东西什么的,是个问题儿童。"

原来如此,身高跟本人的个性或许有关系。我从小就很矮又瘦弱,所以才变成内向的人吧。

"这样可以了吗？"

"可以了。继续玩吧。"

看来神明果然站在心地善良的孩子这边。接下来我五连胜。游戏刚开始时她的得意模样不知上哪儿去了。跟胰脏一起被神明抛弃的她输了就喝酒，开始不高兴起来。正确来说，是听到我的问题就不高兴。剩下两次的时候，她满脸通红嘟着嘴，几乎快从沙发上滑落到地，简直就像是个闹脾气的小孩儿。

顺道一提，接下来的五个问题令她不禁吐槽："这是面试吗？"

"持续最久的兴趣是什么？"

"一定要说的话，我一直都喜欢电影。"

"最尊敬的名人跟理由？"

"杉原千亩！给犹太人签证的人。[①] 贯彻做自己认为正确的事，我觉得真是太厉害了。"

"自认为的长处和短处？"

"长处是跟大家都处得好。短处太多了搞不清楚，多半是注意力不集中吧。"

"到现在为止最高兴的事？"

"嗯，认识你吧！嘿嘿。"

"胰脏不算，到现在为止最难受的事？"

"养了好久的狗在中学的时候死掉了……喂，这是面试吗？"

我一直摆着一副没事人的表情，自己都佩服自己。"不是，是游

[①] 奇卡·苏吉哈拉（1900—1986），日本外交官，于第二次世界大战期间担任日本驻立陶宛代领事时，发出六千多个过境签证给犹太人，助其离境，有"日本的辛德勒"之称。

戏哦。"我回道。她眼波流转地叫道："问好玩儿一点儿的问题啦！"然后又喝了一杯酒，这也喝太多了。

"喝吧……"

不要刺激眼神凶恶的醉鬼，我乖乖喝了酒。我也喝了不少，但摆扑克脸我可是比她高明。

还剩两次。我抽了梅花J。

"哎……！你怎么这么厉害！真是的……"

她打从心底发出悲伤、悔恨且不悦的叹息，抽了一张扑克牌。看见她手中的花色，原本相信自己一定会赢的我不禁后背流汗。

黑桃K，是王牌。

"耶耶耶……好棒！……咦？"

她跳起来欢呼，大概是因为喝醉了站不稳，摇摇晃晃地倒在沙发上。她的态度迥然一变，自己身体的异状让她咯咯咯地笑起来。

"哎，交情好的同学，不好意思，这次可以说是问题也可以说是命令，我可以指定你的回答吗？"

"终于露出本性了。问题也就罢了，还命令呢。"

"啊，对了，真心话还是大冒险？"

"以规则来说是没问题啦。"

"很好。真心话还是大冒险？真心话的话，说出我三个可爱的地方。大冒险的话，把我抱到床上。"

她的话音刚落，我就不假思索地行动。在这种情况下，就算选了真心话，最后一定还是得把她抱到床上，没有犹豫的余地，不如选择直接把事情解决。而且真心话的问题太过凶狠了。

我站起来的时候，身体也有轻飘飘的感觉。我走向她坐着的沙发。她愉快地"嘿嘿"笑着,大概酒精上脑了。我对她伸出手,打算扶她站起来。她高亢的笑声停住了。

"你的手要干吗?"

"我扶你。快点儿站起来。"

"嗯……啊……站不起来啦。人家腿使不上力气。"

她的唇角微微上翘。

"我说过了,抱……我……"

"……"

"哎哟哎哟,用背的好呢,还是公主……哇啊!"

在她说出更丢脸的话之前,我伸手环住她的背和膝盖底下,虽然我很瘦弱,但抱她走几米的力气还是有的。我觉得不能迟疑。没关系,我们都喝醉了,睡一觉醒来就不会不好意思了。

我趁她还来不及反应,就把她朝床上一扔。热意从我怀中消失。她带着惊讶的表情动也不动。我因为酒精跟施力的关系,微微喘气。我望着她,过了一会儿她慢慢露出笑容,跟蝙蝠一样嘻嘻笑起来。

"吓了我一跳……谢谢……"

她一边说,一边慢慢地转向大床的左侧,面朝上躺着。要是她这样睡着就好了,她却用两手拍着床垫,"嘿嘿"地笑着。很可惜,她并没打算放弃最后一局游戏。

我下定了决心。

"那就玩最后一次。这次特别,我帮你抽。要抽哪边的牌?"

"这样啊……那就从我放杯子的地方抽吧。"

她安静下来,刚才动个不停的双手随意摊在床上。

我抽了剩下少许梅酒的杯子底部碰到的那张扑克牌。

梅花七。

"七。"

"哇……不删不瞎。"

"你是说不上不下吧。"

"嗯。不删不瞎、不删不瞎。"

她不断重复着"不删不瞎",但我不予理会,望着摊成一圈的扑克牌,准备选最后一张。这种时候会有人慢慢考虑慎重地选一张,但那是不对的。在条件完全一样的情况下,唯一影响结果的因素只有运气。随便选一张,反而不会后悔。

我不假思索地抽了一张扑克牌,尽量摒除杂念,把牌翻过来。

总之,就是运气。

不管爽快地抽还是考虑半天才抽,结果也不会改变。

我抽到的牌是……

"是多少……?"

"……六。"

我诚实到在这种情况下也不会说谎的地步,真是太不中用了。要是能把棋盘掀翻,人生就轻松多了,但我不想成为这样的人,也无法成为这样的人。

"好棒……要问什么呢……"

她说完沉默下来。我像是等待行刑的死刑犯一样,站着等她发问。

许久未见的沉寂降临在微暗的室内。可能是因为这里住宿费很贵,几乎听不到外面的声音,也听不到隔壁房间的声音。可能是因为喝醉了,自己的呼吸跟心跳反而非常大声。她规律的呼吸也听得很清楚。我心想她搞不好睡着了,但一眼望去,她眼睛睁得大大的,看着阴暗的天花板。

我闲着也是闲着,便走到窗边从窗帘的缝隙间往外看。多彩的人工灯光装点着热闹的商店街,似乎完全没有入睡的意思。

"真心话还是大冒险?"

背后突然传来说话声,看来她已经得出结论了。我祈祷她的问题能尽量不要威胁到我心灵的平静。我背对着她回道:

"真心话。"

她深呼吸了一下,我听见空气流动的声音。她提出今晚最后的问题。

"我啊……"

"……"

"我啊,其实非常害怕自己要死了。要是我这么说的话,你怎么办?"

我没有说话,转过身来。

她的声音太过沉静,我觉得心脏好像都冻结了。为了逃离冷空气,我得确定她是不是还活着,所以转过身子。

她应该感觉到了我的视线,却仍旧盯着天花板。她好像没有继续说下去的意思,紧紧闭着嘴巴。

她是认真的吗?我无法捉摸她的真心。她是认真的并不奇怪。就算是玩笑也不奇怪。如果是认真的,那我该怎么回答才好?如果是玩笑,我又该怎么回答呢?

我不知道。

仿佛是在嘲笑我想象力贫乏一般,我心底的怪物开始呼吸了。

畏缩的我不由自主地开口。

"大冒险……"

"……"

对于我的选择她不置可否。只看着天花板命令我说：

"你也睡床上。辩解跟反抗我都不听。"

她又开始反复念着"不删不瞎"，只是这次配着小调来唱。

我不知道该怎么办，但果然我还是没办法掀翻棋盘。

我关了灯，背对着她躺下，等待睡魔把我带走。不是一个人的床铺，不时随着她翻身晃动。好像无法交流的心意一般。

大尺寸的床睡两个人也还有很多空间。

我们是清白的。

清白而纯洁。

但没有任何人原谅我。

我跟她同时因同样的原因醒来。早上八点，手机的电子音振奋地响个不停。我下床从自己的包包里拿出手机。没有来电记录。所以是她的。我从沙发上找到她的手机，递给她。她睡眼惺忪地打开折叠式手机，靠向耳边。

手机另一端立刻传来连站在一段距离外的我都听得到的咆哮。

"小樱啊啊啊啊啊啊！你现在在哪里！"

她皱起脸把手机拿开，等对方平静下来才再度靠向耳边。

"早安……怎么啦？"

"什么怎么啦！我问你现在在哪里！"

她有点儿疑惑地告诉对方我们现在所在的县名。我明白，对方吓了一大跳。

"喂,为什么在那里?你骗你爸妈说跟我一起去旅行了吧!"

于是,我知道了打电话来的是她闺密。她跟慌乱的闺密完全相反,悠闲地伸了个懒腰。

"你怎么知道的?"

"今天早上 PTA 有事来联络了!你家之后就是我家啊!你妈妈打电话来,被我接到,要骗过她累死我了!"

"你替我隐瞒啦?不愧是恭子,谢啦。你怎么说的?"

"我假装是我姐,这不重要啦!你为什么骗你爸妈跑到那种地方去?"

"嗯……"

"而且真的想去的话,干吗要说谎,直接说去旅行就好了啊。我会跟你一起去的。"

"哦……很好啊,暑假的时候也去哪里玩玩吧。恭子,你们社团什么时候放假?"

"我跟男朋友确定一下再跟你说……喂,不是这个问题吧!"

生动的吐槽清楚地传到我耳中。安静的房里用正常音量说话也多少能听见一些。我洗脸刷牙,一面注意电话的动静。牙膏比我平常使用的要辣。

"一个人一声不吭地跑那么远去旅行,又不是要死掉的猫咪。"

一点儿都不好笑的笑话。我心里这么想着,她的回答更让人笑不出来。但,是事实。

"我不是一个人哦。"

她用因为昨晚喝酒而充血的眼睛略感有趣地望着我。我很想抱头鼠窜,但很不幸,我手上拿着牙刷跟杯子。

"不是……一个人？哎，跟谁一起……男朋友？"

"不是啦，你知道我们不久前分手啦……"

"那是谁？"

"交情好的同学。"

电话另一端的人哑口无言。随便怎样都无所谓啦，我自暴自弃地刷牙。

"你啊，唉。"

"听我说，恭子。"

"……"

"你应该觉得很不可思议，搞不清楚怎么回事，但这件事我会跟恭子解释的。所以就算你不同意，也原谅我吧。恭子就把这件事藏在心里吧。"

"……"

她一反常态认真的声音，好像令闺密也很困惑。这也难怪，她抛下闺密，跟不熟的同班同学出去旅行。

电话另一端，沉默的闺密耐心地听着电话。终于，手机传出了声音。

"……我知道了。"

"谢谢你，恭子。"

"我有条件。"

"随你说。"

"你要平安回来，还要买土特产。暑假要跟我一起去旅行。然后就是对'跟你好得莫名其妙的同学'说，要是对小樱出手我就把他宰了。"

"哇哈哈哈，知道了。"

她又闲聊了几句，把电话挂了。我漱了口，坐在昨天被她抢走的沙发上，望着她整理桌上的扑克牌，她摸着睡乱了的长发。

"有这么关心你的闺密真好。"

"就是说……啊，你可能已经听见了，恭子好像要宰了你。"

"是对你出手才会吧。我是绅士，你可要跟她说清楚啊。"

"那公主抱呢？"

"哎……那是事出有因啊。我只觉得自己成了搬家工人。"

"不管怎样，被恭子知道了都会宰了你。"

她为了整理头发，去淋浴了。我等她洗完，然后一起到一楼去吃早餐。

早餐是豪华的自助式，果然高级饭店就是不一样。我吃了鱼跟汤豆腐之类的和式早餐。我在窗边的桌位等她，她拿了多得夸张的食物回来。虽说"早餐要吃饱"，但结果她剩的三分之一全由我吃掉了。吃饭的时候，我恳切地跟她说明计划的重要性。

回到房间，我烧水泡了咖啡，她则泡了红茶。我坐在昨天的同一位置看电视，喘过一口气。两人在阳光洒落的平静空间里，似乎都忘了昨晚最后的问题。

"今天打算做什么？"

她精神饱满地站了起来，走向自己天蓝色的背包，从里面拿出笔记本。新干线的车票好像夹在里面。

"新干线是两点半，有足够的时间吃中饭和买土特产。中午之前要去哪里吗？"

"我反正搞不清楚，都随便你。"

我们悠闲地退房，接受饭店员工的低头致谢后，她决定搭公交车去据说很有名的购物中心。购物中心周围环河，从日用品卖场到剧场样样俱全，是本地的观光胜地，外国游客也不少。巨大的红色建筑让人印象深刻，果然不愧是地标。

我们在庞大又复杂的空间里不知该往何处去，随便走走，刚好碰到做小丑装扮的街头艺人在水边的广场表演。我们混在人群中观看。

大约二十分钟的表演很有趣。结束之后，小丑幽默地赖着讨钱，我不逾高中生的本分，在他的帽子里放了一百日元，她则愉快地在帽子里放了五百日元。

"好开心……交情好的同学当街头艺人吧。"

"你在跟谁说话啊？那种跟别人扯上关系的职业我没办法的。所以我觉得那个人很厉害。"

"这样啊，真可惜。那我当吧。啊，忘记了，我马上要死了。"

"你是为了要说这句话才讲这些的吗？不是还有一年，练习一下，就算不能当街头艺人，应该也可以很厉害的。"

我推波助澜的话让她露出非常愉快的表情，像是要取悦他人般的笑容。

"说得也是！一点儿没错！要不要试试呢？"

对未来的展望让她兴奋异常，跑去购物商场里的魔术专卖店买了许多练习用品。她买的时候不让我进店里。理由是她要表演给我看，所以不能一起买练习用品。我没办法，只好在店门外跟小朋友们一起看魔术用品的广告。

"啊……这样我就会成为昙花一现，如彗星般突然消失的传说魔术师了。"

"要是你是稀世天才的话,有可能。"

"我的一年有大家五年的价值,一定没问题的。敬请期待。"

"大家一天的价值不是都一样吗?"

她好像真的打算一试,表情比平常还灿烂。虽然时间很短,但有目标的人就显得容光焕发。跟我在一起,她就更加光芒四射了。

跟光芒四射的她一起逛购物中心,时间一下子就过去了。她买了几件衣服,拿着可爱的 T 恤和裙子一一询问我的意见,我对女生的服饰好不好看完全不清楚,只好说了"很合适"这种不褒不贬的话。神奇的是,她竟然很开心。"很合适"并不是谎言,所以我也没有罪恶感。

途中我们去了奥特曼的商品店,她买了一个恐龙骨架般的塑料怪兽送我。为何给我这个完全意义不明。我问她为什么,她说因为很合适。我并不是很开心。我回送她一个塑料奥特曼,我说很适合她,她仍旧很开心。

我们把一百日元的塑料娃娃戴在手指上,吃着冰激凌回到车站。

到达车站的时候刚好是中午十二点,我们才刚刚吃过冰激凌,于是就先买土特产再吃午饭。车站里特大的土特产专卖店,吸引了她的目光。

我们一再试吃,她买了给家人跟闺密的点心,以及名产鱼卵。我则买了连续几年获得"世界食品评鉴大会"[①]金奖的点心给自己吃。

[①] 世界食品评鉴大会:MONDE SELECTION,法语中是"世界优选"的意思,又被称为"国际蒙特奖"。创立于 1961 年,是当今世界上历史最悠久、最权威的国际质量研究所。

我只跟家人说要住朋友家,没有理由买别处的名产回去。非常可惜,但这也无可奈何。

我们在跟昨天不同的拉面店吃了拉面,悠闲地到咖啡厅喝了茶,才搭上新干线。旅行即将结束,这一点让我感伤起来。

比起受困于过去的我,她要积极一些。

"再出来旅行吧。下次冬天好了。"

她坐在窗边眺望景色,说道。我不知该如何反应,最后决定坦率地回答。

"好啊,那样也不错。"

"哎,怎么这么坦率?显然很愉快吧?"

"嗯,很愉快哦。"

很愉快。是真的。我生长于双亲都采取放任主义的家庭,当然也没有可以一起旅行的朋友。对我来说,难得的远行比我想象中的还要愉快。

她不知怎么,惊讶地望着我,然后立刻变回一贯的笑脸,用力抓住我的手臂。我不知道她要干什么,不禁畏缩。她可能察觉到我的心情,有点儿不好意思地收回手,小声说:"对不起。"

"怎么,你打算用暴力抢我的胰脏吗?"

"不是啦。只是因为你很难得这么坦诚,我有点儿忘形了。嗯,我也非常愉快哦。谢谢你跟我一起来。下次要去哪儿呢?我下次想去北方。好好体验一下寒冷。"

"为什么一定要虐待自己啊。我讨厌冷。下次要逃去比这次更南边的地方。"

"真是……你真的跟我完全相反!"

她好像很愉快地嘟着嘴。我打开买给自己的土特产,分给她一个。我咬下小馒头状的点心,奶油的味道非常甜。

回到我们住的城镇时,夏日的天空已经微微变蓝了。我们搭电车一起到最近的车站,然后骑自行车到学校附近,在老地方分道扬镳。反正我跟她星期一就会在学校碰面,两人就随便说了"拜拜"后各自回家了。

我回到家,爸妈都还没有回来。我去洗手漱口,然后回自己房间待着。我躺在床上,突然困倦起来。不知是累了还是睡眠不足,两者都有可能,我就这样睡着了。

晚饭时刻,母亲把我叫起来,我一边吃炒面,一边看电视。俗话说,远足要回家才算结束,但我发现远足要在家吃到习惯的饭菜才算结束。我回到了日常。

周末两天她并没有跟我联络。我跟平常一样窝在房间里看小说,中午一个人到超市买冰棒。过了没有任何异常的两天,直到星期日晚上我才发现。

我在等她跟我联络。

星期一到学校的时候,我跟她一起出去远行的事全班都知道了。

不知道是不是这个缘故,我的鞋子跑到垃圾桶里去了。

不管怎么想,都不是我不小心把鞋掉进垃圾桶里去的。

5

从早上开始,就发生了一连串不寻常的事。

先是我校内用的便鞋不见了,在垃圾桶里找到。但还不止于此。

我跟平常一样到校,在鞋柜处要换鞋,心里正想着"咦,鞋子到哪儿去了啊"的时候,有人叫住我:"早啊……"

班上会跟我打招呼的只有她而已,我以为她因为胰脏坏了,所以声音无精打采,转过身去后我被吓了一跳。

她的闺密以充满敌意的视线瞪着我。

我虽然很害怕,但即便是我也知道不回答人家的招呼非常失礼,我低声回说:"早安。"闺密同学直直瞪着我的眼睛,"哼"了一声,便换上校内用的便鞋。

便鞋不见了,我不知该怎么办才好,只能呆呆地站着。

我以为换好便鞋的闺密同学会就此走开,但她又瞪了我一眼,"哼"了一声。我并不觉得不悦。绝对不是因为我是受虐狂,只是因为她的目光看起来很迷惘。她一定不知道该怎么应对我才是。

就算她的招呼中带有敌意,我还是想对她表达敬意。要是我的话,一定会躲起来等她换好鞋子走开才出来。

我在鞋柜周围找了一圈,还是没有看到我的便鞋。要是有人穿错了的话,应该会还回来吧。我穿着袜子走向教室。

走进教室便感觉到四周传来许多无礼的视线,但我置之不理。自从开始跟她一起行动之后,我就死了心任人观察了。她还没来。

我坐在最后面自己的座位上,从书包里拿出必要的东西放进书桌。今天要检讨考试的成绩,只需要考卷。我把笔盒跟文库本放进书桌里。

我看着之前考试的题目,还想着我的鞋子究竟到哪儿去了。教室里嘈杂起来,我抬眼望去,看见她高兴地从教室前门走进来,好几个同学叫嚷着上前迎接,把她团团围住。闺密同学并不在其中。闺密同学满脸为难地望着被包围的她,然后瞥向我这边,而我也正看着她,两人四目相接,又立刻避开视线。

包围着她的同学们叽叽喳喳、窃窃私语,我早早就决定不予理会。跟我没关系的话当然不用理;跟我有关的话,也绝对没好事。

我翻开文库本,投入文学的世界。我看书的专注力绝对不输给噪声。

我虽然这么想,但也知道,不管再怎么喜欢看书,要是有人跟我说话,我也会从书本的世界里被拉出来。

平常绝对不会一早就有两个人要跟我说话,这让我吃了一惊。我抬起头,是之前跟我一起打扫的男生,他仍旧像是啥也不想地笑着。

"哟,被大家谈论的同学,那个,你啊,干吗把校内的便鞋丢掉?"

"……欸?"

"不是丢在厕所的垃圾桶里了吗?分明还可以穿,为什么丢掉?难道是踩到了狗屎?"

"要是学校里有狗屎那问题就大了。谢谢你。我找不到便鞋,正不知道该怎么办呢!"

"哦,这样啊。小心点儿啊。要口香糖吗?"

"不要。我去拿回来。"

"嗯。对了,你跟山内去哪里了?大家都在讲这事呢。"

教室里虽然很吵,但我周围的座位上没人,他直率的问题只有我听得到。

"你们果然在交往吧?"

"没有。刚好在车站碰到而已。大概是被谁看见了吧。"

"哦,这样啊。要是有什么好玩儿的要跟我说哦。"

他一边嚼口香糖,一边回到自己座位上。他应该是个纯朴的人,而且我觉得他的本性非常善良。

接着,我站了起来,走到离教室最近的厕所,我的便鞋果然在垃圾桶里。幸好垃圾桶里没有会把鞋子弄脏的东西,我把便鞋拿出来乖乖穿上,回到教室。我一走进教室,沉静的空气立刻又开始骚动起来。

我顺利地上完了课,发回来检讨的考卷成绩还可以。她跟闺密在我前面讨论考试的结果,一瞬间视线和我相交。她毫不顾忌地举起考卷让我看,距离很远,我看不清楚,但可以看到,上面有很多圈圈。她的行动显然让闺密同学困惑,我别开了视线。这一天,我跟她没有进一步的接触。

第二天,我也没跟她说话。至于我跟同学间的交流,只有闺密同学又瞪着我，以及那个男生又来问我"要不要吃口香糖"而已。然后，虽然是私人的问题，但我在百元商店买的笔盒不见了。

隔了几天，我才终于有机会跟她说话。那天是暑假开始前最后的上学日。虽然说是暑假之前，但我们从明天开始会上两个星期的暑期辅导课，这样区分几乎没什么意义。今天本来只是交代事项，然后参加结业式后就可以回家了，但负责图书馆的老师要我放学后去帮忙。她也是图书委员，当然一起去。

下雨的星期三。我可能第一次在教室主动跟她说话。她当值日生擦黑板时，我跟她说了图书馆的工作。我们站在教室前方，我知道有好几个人正在看我们，但我不予理会。她则根本就不在意。

放学后，她负责关教室门窗，我先到餐厅吃午饭，然后再去图书馆。今天是结业式，图书馆里没几个学生。

老师要去开会，拜托我们看柜台。老师离开图书馆后，我坐在柜台后面看书。两个同班同学来借书，一个好像对我完全没兴趣的文静女生问道："樱良呢？"另外一个男生则是我们班的班长，他以在教室里一贯温文尔雅的表情和声音问说："山内同学呢？"我回答两个人："不是在教室吗？"

不一会儿，她来了，一如既往地带着跟今天天气完全不搭的笑容。

"我不在，你果然很寂寞吧？"

"果然有人不在山上也会叫呀……哦……你以为山彦号[①]会回应你吗？对了，有同学找你呢。"

"谁？"

"名字不太清楚。一个文静的女生跟班长。"

---

① 山彦号：东北新干线运行的特急列车班次名称。

"啊，我知道了。OK、OK。"

她边说着边在柜台后面的旋转椅上坐下。椅子在安静的图书馆内发出嘎吱嘎吱的悲鸣声。

"椅子好可怜。"

"跟纯情少女说这种话好吗？"

"我不觉得你是纯情少女。"

"嘿嘿嘿嘿，说这种话没关系吗？昨天才有男生跟我告白呢。"

"……啥？什么啊。"

出乎意料的话让我大吃一惊。

她看见我的反应大概很满意，嘴角上扬到极限，然后皱起眉头。这什么表情啊，让人超级不爽。

"昨天放学后我被人叫去，然后被告白了。"

"如果是真的，告诉我没问题吗？"

"谁跟我告白，很遗憾是秘密哦，米菲兔。"

她用两手食指在嘴唇前比个叉。

"难道你以为米菲兔的叉叉是嘴巴？那是从中间分开的，上面是鼻子，下面是嘴巴。"

"骗人！"

我画图说明，她在图书馆里用绝对会吵到别人的音量大叫起来。我望着目瞪口呆的她，感到心满意足。方言小知识的反击战我赢了。

"真是，什么啊，真的吓了一跳。我好像白活了十七年一样。不管了，我被告白了哦。"

"哦，回到原来的话题。所以呢？"

"嗯，我说对不起啦。你猜为什么？"

"谁晓得。"

"不告诉你！"

"那我告诉你吧。要是人家说'谁晓得'或是'哦……'的话，那就是对你的问题没兴趣。没人跟你说过'谁晓得'吗？"

她好像要回嘴，但刚好有人来借书，因此，她的话就没说出口。

她认真地办理完柜台的业务之后，改变了话题。

"这么说来，这种下雨的日子没法出去玩，今天你就到我家来，可以吧？"

"你家跟我家方向相反，不要。"

"不要用这么普通的理由随便拒绝啦！这样简直是讨厌人家邀请你，不是吗！"

"真没想到，你简直像是以为我不讨厌一样。"

"说什么呢，算了。你虽然嘴上这么说，但结果还是会跟我一起玩的。"

罢了，我想应该也是如此。只要加上像样的理由，威胁一下，说教一下，我就会乖乖接受她的邀请吧。只要指点出一条明路，我就无法抵抗。因为我是草船，除此以外，没有任何理由。

"总之你听我说啦。听了之后，搞不好你就会想来我家了。"

"你粉碎了我比水果奶昔[①]还坚固的意志。"

"软趴趴的，不是吗？好怀念水果奶昔哦，有一阵子没吃了，下次买吧。小学的时候妈妈常常做给我吃。我喜欢草莓口味。"

"你话中的条理也跟优格一样呢，好像可以跟我的意志混合在一起。"

---

① 水果奶昔：将浓缩果汁跟牛奶混合在一起的半固体状甜点。

"嗯,要不要混合看看?"

她拉开夏季制服的领带,解开衬衫的纽扣,一定是觉得很热吧,还是只是因为她犯傻呢?嗯,应该是后者。

"不要这么惊愕地看着我啦。好吧好吧,回到原来的主题。上次我不是说过我从来不看书吗?"

"你是说过,但是看漫画。"

"嗯,后来我想起来了,我基本上不看书,但是小时候有一本喜欢的书,是我爸爸买给我的。有兴趣吗?"

"原来如此,这我很难得地有兴趣哦。我觉得喜欢的书可以展现一个人的本性。像你这样的人会喜欢怎样的书?我很好奇。"

她摆出高高在上的样子,过了一会儿才说话。

"《小王子》,你知道吗?"

"圣-埃克苏佩里?"

"哎!你知道啊?真是的,我以为就算是交情好的同学也不会知道外国的书,真是泄气。"

她嘟着嘴,颓然靠向椅背。椅子又嘎吱作响。

"光是你以为《小王子》没名气,就知道你对书多没兴趣了。"

"这样啊。所以你看过啰?真是的!"

"没有,不好意思,我还没看过。"

"这样啊!"

她突然精神百倍,挺起身子,把椅子往前拉,我则跟椅子一起往后退。她脸上当然堆满了笑容,看来我好像让她乐不可支。

"讨厌,我就想会不会是这样。"

"你知道说谎会下地狱吗?"

"要是没看过,那我的《小王子》借你看。你今天到我家来拿!"

"你拿来不就好了吗?"

"你要女孩子搬重物?"

"我虽然没看过,但那是文库本吧。"

"我可以拿去你家哦。"

"那就不重了吗?算了,随便啦。跟你做这种无谓的争论实在很累,要是你想来我家,那不如我去你家吧。"

这回就以此为正当理由吧。

其实,《小王子》这种有名的书,图书馆里不会没有,但这里的图书委员不了解书,为了不扫她的兴,我就保持沉默。这么有名的书为何到现在都没看过,我也不知道。一定是时机的问题。

"哦,你很明理嘛。怎么啦?"

"我跟你学的。草船跟大型船对抗完全没有意义。"

"你还是老样子,有时候不知道在说什么。"

我正恳切地跟她解说比喻的意思时,图书馆的老师回来了。我们跟平常一样和老师闲聊,喝了茶、吃了点心,哀叹一下从明天开始两个星期都没法来,然后就离开了。

走到外面,天上堆满了看来今天绝对不会散的云层。我并不讨厌雨天。雨天的闭塞感常常跟我的心情一模一样,所以我没法对雨抱着负面的感觉。

"下雨真讨厌。"

"……你的感觉真的和我不同啊。"

"有人喜欢下雨吗?"

显然有吧。

我没有回答，只走在她前面。我不知道她家准确的位置，只知道跟我家方向相反。我走出校门，朝跟平常相反的方向前进。

"你去过女生的房间吗？"

她在我身边说道。

"虽然没有，但同样是高中生，我想应该差不了多少，没什么好玩儿的吧。"

"是没错啦。我的房间很朴素。京子的房间里贴满了乐团的海报，比男生还像男生。你喜欢的阳菜，她的房间里都是填充玩具之类的可爱玩意儿。对了，下次跟阳菜三个人一起去玩吧？"

"谢谢，不用了。我在漂亮的女生面前会紧张，说不出话来。"

"这是装傻说我不漂亮，但没用的。那晚你说过我是第三可爱，我可没忘记哦。"

"你不知道班上同学我想得起长相的，只有三个人？"

这样说是有点儿过分，但我确实没法记得所有同学的长相。我不跟别人来往，不需要记得别人长相的能力，所以便退化了吧。没有选择的比较，绝对是不算数的。

从学校到她家的距离跟到我家差不多。她家有着绿墙红瓦，位于宽敞的独栋住宅并列的住宅街上。

我跟她一起，光明正大地从大门进去。从入口到玄关处有一段距离，走进去后，过了一会儿才把伞收起来。

她请我进门，我像是讨厌湿气的猫一样躲进屋内。

"我回来了——"

"打扰了。"

她元气十足地打了招呼，我也适当地说了一句。上一次见到同学的爸妈还是小学教学观摩的时候,因此我多少有点儿紧张。

"家里没人哦。"

"……跟空屋大声说自己回来了,你脑子有问题吧。"

"我刚才是在跟我家打招呼。这是我成长的重要地方啊。"

她偶尔会说出有道理的话,我就无法反驳。我也重新对她家说:"打扰了。"然后跟在她后面把鞋子脱掉。

她沿路把灯打开,好像赋予了空屋生命。她带我去洗手间,我洗手漱口,然后到二楼她的房间。

这是我第一次受邀进入女生的房间。她的房间很大。什么很大?全部。房间本身、电视、床铺、书架、电脑。真令人羡慕,我瞬间这么想,但想到这应该跟她父母的悲伤成正比,如此一来,憧憬立刻烟消云散。不如说室内满是空虚。

"随便坐……困的话就在床上睡一下。但是我会跟恭子告状。"

说完,她便在书桌前的红色旋转椅上坐下。我迟疑地坐在床上。床垫弹性很好。

我环视屋内,正如她所说的,房间很朴素,跟我的房间比,只有空间大小、可爱物品以及书架上的书的区别吧。她的书架上全部是漫画。热门的少年漫画跟我不知道的漫画都有。

我绕了几个圈子之后,她发出好像要吐的"呃"的一声,低下头来。我冷眼旁观,她突然抬起头。

"要玩什么?真心话大冒险?"

"你不是要借我书吗?我是来借书的。"

"不要急啊,这样缩短寿命会比我先死哦。"

她竟然咒我。我怒目而视,她扁着嘴,露出奇怪的表情。我心想，这是生气就输了的游戏吧。我好像马上就要输了。

她突然站起来，走向书架。我以为她终于要把《小王子》拿给我，但她从最下面的抽屉里拿出折叠式的将棋棋盘。

"来下棋吧。这是我朋友忘在这里的，一直没来拿。"

我没有拒绝的理由，就接受了她的提议。

结果将棋对局缠斗了半天，最后是我赢了。其实我觉得是压倒性的胜利。但是诘将棋跟和人对弈的情况不一样。我没法掌握节奏。下了王手①，她竟然不甘心地掀了棋盘。喂。

我捡起散落在床上的棋子，望向窗外，外面仍旧下着大雨。

"雨小一点儿你就可以回去了。在那之前，陪我玩吧。"

她好像看穿了我的心思般说道。收好将棋棋盘，这次她拿出了电视游戏机。

我已经好久没玩电视游戏机了。一开始是格斗游戏。这种穷凶极恶的游戏只要按着控制器上的按钮，画面中的人物就能轻易地伤害对手，享受对方受伤的模样。

我平常不玩游戏，于是要她让我先练习了一会儿。我看着画面操作，她给了我各种建议。我以为她也有亲切的一面，其实完全不是如此。对战的时候，她毫不客气地报了刚才将棋的仇，使出各种让画面变色、人物发出波动的绝招儿，把我的角色打得落花流水。

但我也不是乖乖挨打。随着游戏进行，我学会了撇步，躲开对方的攻击，摔倒防御的对手，等等。她的角色只会拼命攻击，我给了她好看。就在我胜利的星星数目跟她差不多、就快要赢了时，她关掉了电源。所以说啊，喂。

---

① 王手：日本将棋的王手等于象棋的将军。

她完全不顾我责难的视线，重整架势，换了一个游戏，再度启动游戏机。

她有各种游戏，我跟她一起玩了几个对战类的，我们最不分上下的是赛车。赛车游戏虽然是跟人比赛，但其实也是跟时间和自己的比赛，这或许跟我的个性比较合也说不定。

在大电视上玩赛车游戏，被人超越，超越别人。我平常就沉默寡言，一集中精神就更加不说话了。相反，她不停"啊啊！""讨厌！"，吵得要命。这样，世界上存在的音量互相抵消了。

除了妨碍我集中精神，她唯一跟我说话是在比赛进入最后一局的时候。

她非常不经意地问了我一个问题。

"交情好的同学，没打算交女朋友吗？"

我一边躲避路面上的香蕉，一边回答。

"我不想交也没办法交。我没有朋友。"

"女朋友就罢了，交朋友吧。"

"等我想交的时候再说。"

"想交的时候，嗯，哦。"

"嗯。"

"你完全没意思，要不我当你的女朋友吧？"

这个问题实在太过离奇，从某方面来说，算是她最拿手的正面攻击。我不由得瞥向旁边，画面中立刻出了车祸。

"哇哈哈哈，撞车了！"

"……你在说什么啊。"

"啊，女朋友？只是确定一下而已。你并不喜欢我吧？不管怎样，你都不会想要我当你女朋友吧？"

"……不会。"

"很好，我放心了。"

"……"

到底是放了什么心啊？我觉得不可思议。

我试图探寻她话中的脉络。

难道她以为我想跟她成为男女朋友吗？

我跟她一起过夜，进入她的房间，难道她是在担心我可能会错意，喜欢上她了吗？

真是没有理由、毫无根据的怀疑。

我非常难得地、真的觉得很不愉快。我明确地感到胃里累积着不好的东西。

比赛结束，我放下手柄。

"把书借我，我要回去了。"

沉淀在内脏中的感情始终不肯消散。我不想让她知道，所以要逃离这里。

我站起来，走向书架。雨完全没有变小。

"不用急啊。那你等一下。"

她也从椅子上站起来，走向书架。她在我背后停下脚步。我听见她呼吸的声音。可能是心理作用，我觉得她的呼吸听起来比平常粗重。

我不理她，从书架上方开始浏览。她可能也正在找书。早放在固定的地方就好了啊，我有点儿不耐烦。

过了一会儿，我听见她吐出一大口气，同时视野两端出现了两只手臂。我以为她比我先找到了书，但不是。在这个阶段我就应该明白的。因为她的手臂在我视野的两边。

我突然看不见自己的身体了。

我从来没有过别人积极接触我的经验，因而一时之间无法掌握眼前的状况。

回过神来时，我已经被压在书架旁边的墙壁上。我左手是自由的，右手被抓住，举到肩膀上方的高度，抵在墙上。比方才更加逼近的，除了自己的呼吸，还有心跳、热意、甜甜的香味。她的右手臂环住我的脖子。我看不到她的脸。她的嘴贴在我的耳边。我们的面颊几乎相触。

你在，干什么啊。我的嘴在动，却发不出声音。

"……你记得我说过，我把死前想做的事情列了清单？"

耳边的，低语。声音和气息吹拂在耳垂上。她并不期待我的反应。

"你为了要实现目的，所以才问我想不想让你当我的女朋友吗？"

黑发在我鼻端摇晃。

"叫你来家里也是哦。"

我觉得她好像轻笑了一下。

"谢谢你说没有这个意思，我安心了。要是你说有，那我的目的就没法实现了。"

她的话跟这个状况我都无法理解。

"我想做的事……"

好甜。

"是跟不是男朋友，也不是喜欢的人，做不该做的事。"

不该做的事，不该做的事？

我在脑中反刍她的话。不该做的事，是什么事啊？是指现在的状况，还是在此之前的所有事情？我觉得两者都说得通。两者都是不该做的事。我知道她生病，在她死前跟不喜欢的我共度的时间，一起过夜，到她房间，说起来全部都是不该做的事。

"这是拥抱哦。所以啦，不该做的事，就从现在开始。"

她像是果然看透我的心思般说道。共有的心跳让她轻易读出了我的思绪。但我还读不出她的思绪。

我到底该如何是好。

"同学就没关系。"

"……"

我仍然不知道该怎么应对才好。我用自由的左手拉开环住我脖子的手臂，把她的身子推到前面，呼吸跟心跳也消失了。取而代之，出现的是她虽然没喝酒却通红的面孔。

她看见我的脸，露出惊讶的样子。我不像她，不会在人前戴着面具，自己现在是什么表情我也不清楚，只弱弱地摇头。不知道是在否定什么。

我们望着彼此的眼睛。沉默中充满了紧张感。

我观察她的表情。她转着眼珠子，不知望向何处，然后慢慢地嘴角上扬看着我。

接着她突然爆笑起来。

"噗。"

"……"

"嘿嘿嘿，开……玩笑的啦。"

她满面笑容地说，甩开我的右手，哈哈哈哈地笑着。

"啊……好丢脸，开玩笑啦，开玩笑！跟平常一样的恶作剧！不要把气氛搞得这么诡异啦，真是的！"

她突然的转变让我哑口无言。

"真的好需要勇气哦，要主动去抱你。但是恶作剧需要真实感呢……我很努力啦，嗯。你不说话不就好像认真起来了吗？是不是心动了呢？知道你不喜欢我，真是太好了。要不然就好像弄假成真一样！但是以恶作剧来说是成功了！因为对手是你才办得到，好刺激哦。"

我不明白理由是什么。为什么啊。

她的恶作剧第一次让我真正感到愤怒。

她像是要摆脱自己行动的羞耻感似的喋喋不休，我针对她的怒气在五脏六腑中慢慢成形，已经无法消化。

她到底把我当成什么。我觉得被侮辱了。事实上也是如此吧。

要是这就是跟他人来往的话，那我还是不要跟任何人扯上关系的好。大家都得胰脏病死掉算了。不，让我吃掉算了。大家的胰脏都让唯一正当的我吃掉。

没想到感情和行动能如此简单地联结在一起。

我的耳朵被庞大的怒意堵住，可能什么也听不到，包括她的悲鸣。

我抓住她的肩膀，将她压倒在床上。

她的上半身倒在床上，我放开她的肩膀，抓住她的两只手腕，不让她动弹。我什么也没想。

她稍微挣扎了一下，最后终于放弃，望着我在她脸上投下阴影的面孔。我仍旧不知道自己到底是什么表情。

"交情好的同学？"

她困惑地说。

"怎么了？快放手，好痛。"

我沉默地望着她的眼睛。

"刚才是开玩笑哦。哎，跟平常一样闹着玩的。"

到底要怎么样才会满意。我搞不清楚自己。要不就是，我已经受不了了。

我一言不发。她表情丰富、交游广阔的面孔，跟平常一样变幻多端。

她在笑。

"哎，你决定跟我一起玩吗？以你来说真是大方啊！好了，快放手。"

她很困惑。

"哎，哎，怎么啦？一点儿都不像'交情好的同学'。你不是会开这种玩笑的人吧？喂，快放手。"

她生气了。

"你给我差不多得了！可以这样对女孩子吗？快点儿放手！"

我以可能是到目前为止最不为所动的眼神直视着她。她也没试图避开我的视线。我们在床上互相凝视，没有比这种场景更浪漫的了吧。

她终于沉默下来，什么也不说了。只有大雨的声音隔着窗子像是在责怪我。她呼吸和眨眼的声音，让我不知如何是好。

我直直盯着她看。她也直直盯着我看。

所以我明白了。

她没有说话，面无表情，但是眼中浮现了泪水。

看见她的眼泪,我一开始就不知从何而来的怒火,像是不曾存在过似的消解了。

心头一块大石落下的同时,悔意涌了上来。

我轻柔地放开她的手腕,站起身来。她惊愕地望着我。我看了她一眼,然后不忍直视。

"对不起……"

她没有回答,仍旧躺在床上,保持刚才被压住的姿势。

我拿起放在床上的包包,像逃跑般握住门把手。

"……过分的同学。"

背后传来的声音让我瞬间踌躇了一下,然后没有转身,说道:

"对不起,我回去了。"

说完这句,我打开这间应该不会再来的房间的门,迅速地逃离。没有人追上来。

我没有替她锁门,就这样在雨中走了几步,然后发现头发淋湿了。我急忙撑起伞走到大路上。柏油路上泛起夏天雨水的味道。

我一边斥责想折返的自己,一边想着回学校的路,继续往前走。雨下得更大了。

思考。终于平静下来,自己思考。

越想越觉得后悔。

我到底做了什么啊?我对自己非常失望。

我不知道愤怒原来会这样伤害别人、伤害自己。

是因为看见了她的表情吗?是因为看见了她的眼泪吗?感情一发不可收拾。遗憾这种感觉一发不可收拾。

我发现自己紧咬着牙关。牙床都开始发痛了。我竟然有因为人际关系伤害自己身体的一天，真是疯了。不过我还能觉得这份痛楚是对自我的惩罚，显然脑袋还清楚。但这样并不能抹消我的罪过。

她说的恶作剧是导火线。那伤害了我的感情。虽然是事实，就算是事实，也不能成为我对她施暴的借口。就算我被她无意之间伤害了也一样。我受伤了。受伤了？什么受伤了啊。回想她的气息跟心跳，我仍旧不明白。只不过，不知怎么，觉得不可原谅。无法以道理解释的感情，让我伤害了她。

我在独栋住宅间穿梭。工作日的午后，四周不见人影。

就算我突然消失，一定也不会有人注意到吧。周围安静到让我这么觉得。

然后，背后突然传来的声音吓了我一跳。

"不引人注目的同学。"

是非常沉稳的男性声音。我猛然回头，撑着伞的同班同学站在那里。在他出声之前，我完全没有察觉到他的存在。我觉得不可思议。第一，是他出声叫我；第二，是一向温柔敦厚的他脸上带着愤怒的表情。

今天，我已经第二次跟他说话了。真是稀奇。我竟然在一天之内跟同一个人说了两次话。

他是个干净温和的男生，我们班的班长。我想知道他为什么叫我，便压下跟他无关的动摇，和他打了招呼。

我期待他的反应，他却只一言不发地看着我。我没办法只好再度开口。

"你住在这附近啊。"

"……不是。"

他果然好像不高兴。可能他也讨厌下雨吧。下雨的时候拿东西很不方便。但现在他穿着便服，手上除了伞什么也没有。

　　我看着他的脸。最近我终于学会解读别人的表情了。他不知怎么满肚子不高兴地跟我搭话，我想知道原因，便勉强承受着他的视线。

　　我也没有说话。一边安抚自己的情绪，一边默默地看着他，结果他先忍不住了。他以非常难受的表情叫我。

　　"不引人注意的同学才是，为什么在这种地方？"

　　我并不介意他没有跟平常一样直呼我的名字。我比较介意的是，这个称呼从他口中听来仿佛有别的意思。比方说，像是不可原谅的家伙。我虽然不知道理由，暂时就先这样了。

　　我没有回答，他咋舌道：

　　"不可原谅的家伙，我问你为什么在这里。"

　　"……有点儿事。"

　　"是小樱吧。"

　　熟悉的名字让我的心脏仿佛收缩了。我喘不过气来，没法立刻回答。这也让他无法原谅。

　　"我说，是小樱吧。"

　　"……"

　　"回答我！"

　　"……你说的小樱，如果跟我认识的同班同学是同一个人的话，那就是。"

　　我淡淡地期待可能是他误会了。但他咬牙切齿的表情粉碎了我的期待。这下子我确定他对我不怀好意，却不知道为什么。

　　怎么办才好呢。

我的思考立刻就毫无意义。原因正是他接下来说的话。

"小樱……"

"……"

"小樱为什么跟你这种人……"

啊，原来如此。

我恍然大悟，只得刻意忍住不让自己脱口而出。原来如此。我知道他为什么对我不怀好意了。我不由自主地抓抓头。这下好像会很麻烦，我心想。

要是他好好地看清楚状况，我就可以岔开话题或是辩解，但他针对我的离谱怒气让他盲目。

或许我们今天在这里碰面并不是偶然。比方说，他跟在我们后面之类的，我可以想出各种不同的情形。

他应该是在恋爱吧。所以他搞错了对象，把嫉妒投射在我身上。盲目的嫉妒，导致他失去了正确的观察力，失去了平常客观的自我审视，可能还失去了其他的东西。

总之，我先尝试跟他解释事实，我觉得这是最好的办法。

"我跟她不是你想象的那种关系。"

我的话让他目露凶光。我心想"糟了"的时候已经太迟，他恶狠狠地大声责备我。雨声都被压过了。

"那到底是什么！两个人一起去吃饭，一起去旅行，今天还去她家玩，班上大家都议论纷纷！说你突然开始缠着小樱不放。"

旅行的事是从哪里泄露出去的？我有点儿介意。

"说我缠着她不放是不正确的，但说我愿意陪她太过傲慢，说她允许我陪她又太谦卑。我们有来往，并不表示我们是男女朋友。"

来往,这个词让他表情动摇,于是我补充说明。

"总之,不是你跟班上同学以为的那种关系。"

"就算是这样,小樱还是花时间跟你在一起。"

"……说得也是。"

"跟你这种不合群的阴沉家伙!"

我对于他憎恶地说出的评语并没有异议,看起来应该是这样没错,事实估计也是如此。

她为什么要跟我在一起,这我也想知道。她说我是唯一能给她真相和正常生活的人。说得很像回事,但要拿这当理由我觉得总有点儿不太对。

于是我保持沉默。他也一样。他的视线仍旧炙热,表情僵硬地站在雨中。

漫长的沉默持续着,一直持续着,以至于我以为对话已经结束了。他可能也发现自己对我的怒气是不对的,跟刚才的我一样正在后悔也未可知。但也可能不是这样。盲目的他或许无法厘清自己的感情。

随便怎样都好。不管如何,我们继续对峙下去不是上策。我转过身去。我以为他会就这样看我走开,要不就是让我静静地独处一会儿。随便怎样都好。我的行动并不会改变。

仔细想想,我只从小说里得知,恋爱的人是盲目的。我没有接触过他人的内心,要解读真人的行为根本是天方夜谭。小说里的人物跟真人是不一样的。小说跟现实是不一样的。现实绝对没有小说那么美丽,也没有那么干脆痛快。

我走向没人的方向,背上仍旧感觉到刺人的视线。我并没有转身。因为转身对任何人都没有好处。她绝对不会喜欢把人际关系当作数学公式一样思考的我。我希望背后的他能理解这一点，但应该没办法吧。

让人盲目的不只是恋爱。我不知道思考也会让人盲目。肩膀被人抓住时，我才发觉他从后面追了上来。

"等一下！"

我没办法，只好转过身。虽然是误会，但他的态度让我有点儿退缩。然而，我没有表露出来。

"我话还没说完！"

这么想来，我可能也情绪激动。这可能是人生中初次体验。也就是说，和人发生争执。情感激烈冲突，失去了以理性思考的部分。

我说出了显然是要伤害他的话。

"啊，告诉你一件事，一定能派上用场的。"

我盯着他的眼睛，打算狠狠地给他一记。

"那个孩子好像讨厌纠缠不清的人。以前的男朋友似乎就是这样。"

最后，我看见他逼近的脸呈现出这几分钟内没见过的非常扭曲的表情。我不明白这表情的意义，但完全无所谓；就算明白，结果也不会改变。

我左眼附近受到强烈的冲击，整个人猛地往后倒，一屁股跌在被雨淋湿的柏油路上。雨立刻打湿了制服，掉下的伞发出钝音，在地上打转。同样落地的书包也倒在地面上。我吃了一惊，猛然转向他。左眼视线模糊，看不清楚。

"我就是纠缠不清！我啊，我啊！"他说。

虽然面向我，但显然他的话不是对我说的。我发觉自己触到了他的痛处。我因为要伤害别人而受到了伤害，真是不像话。我深切地反省。

我确实是第一次被人打,还真的蛮痛的。我知道哪里被打了,但不知为何心里深处也在痛。再这样继续下去,可能真的会灰心丧志。

我坐在地上抬头望着他。左眼的视力还没恢复。

他呼吸粗重,垂眼望着我。他没有明说所以不能下断论,但她以前的男朋友恐怕就是他。

"像你这样的家伙,凭什么接近小樱!"

他一边说,一边从口袋里拿出一个东西扔向我。我摊开那一团东西,是我之前不见的书签。原来如此,我开始明白他话中的含义了。

"原来是你啊。"

他不肯回答。

我一直认为他端正的面容下有着稳重的个性。他在全班面前引导大家讨论的时候,偶尔到图书馆来借书的时候,都带着稳重的笑容。但是我并不了解他的内心,我看到的,只是他准备好让外界看到的模样。果然重要的不是外表,而是内在。

我想着该怎么办。先伤害他的是我,所以他的攻击或许算得上正当防卫。虽然有点儿过分,但我确实不知道他到底伤得有多重,所以站起来反击感觉有点儿奇怪。

他看起来仍旧非常激动。要是能设法让他平静下来就好了,若是说错了话,一定会火上浇油。越过了他情感界限的人确实是我。

我望着他。我不时觉得他的行动比我正当。他一定真的喜欢她。虽然方法不正确……不对,虽然方法有问题,但他一心想着她,希望跟她共度所有的时光。

因此,他憎恨我占据了她的时间。而我呢,要是我不知道她一年之后会死,就根本不会跟她一起吃饭,一起旅行,也不会到她家去。她的死亡把我们联结在一起。但是,死亡是所有人都必须面临的命运。所以我跟她的相遇是偶然。我们共度时光也是偶然。我完全没有刻意要这么做的意思,也没有纯粹的感情。

就算是不与人来往的我也知道,错误的一方必须服从正确的一方。

这样啊,那就让他揍到满意为止吧。不明白别人的感情就想跟人来往,是我不对。

我毫不闪躲地承受着他恶狠狠的视线,想传达我的意念,想传达我会服从他的意念,却没有成功。

他粗重地喘着气,我看见他身后有个人影。

"这是,在干什么……?"

这个声音让他像被雷击中一样,倏地转过身。雨伞晃动,雨点打在他肩上。这时机不知是好是坏。我简直像是事不关己一样,望着他们两人。

她撑着伞,轮流望着我和他的脸,想搞清楚眼前的状况。

他似乎要说些什么。但话还没出口,她就跑过来,捡起掉落在地的伞递给我。

"过分的同学,这样会感冒的……"

我接受了她略为不适当的温柔,听见她倒抽一口气。

"过分的同学!血,你流血了!"

她慌乱地从口袋里掏出手帕,按在我左眼上方。我不知道流血了。这么看来,他或许不是赤手空拳。但我也并不想知道凶器是什么。

他站在她后面,我望着他的表情。他脸上显著的变化用言语难以形容。我不由得觉得,满溢的感情一定就是这样。

"怎么了？为什么流血？"她继续问道。他的感情让我目不转睛，完全不理会她的关心，但没有关系，他替我说明了。

"小樱……为什么跟这种家伙……"

她仍把手帕按在我左眉处，转头望着他。他看见她的面容，表情再度扭曲。

"这种家伙……是说谁……过分的同学吗？"

"对，这家伙缠着小樱，我让他不要再多管闲事，教训了他一下。"

他辩解似的说道。可能是想让她回心转意吧，希望她再看他一眼。盲目的他已经读不出她的心意了。

我身为旁观者，只能默默地观望事情的发展。她面对他僵住了。只有手仍旧拿着按在我脸上的手帕。他好像希望被夸奖的小孩儿一样，带着惧意笑了一下。

几秒钟之后，他的脸上充满了恐惧。

她把在僵住的时候累积在胸中的情感吐露出来，对他说了一句话。

"……人渣。"

她的话让他目瞪口呆。

她很快转向我。她的表情让我小小吃了一惊。我以为她变化万千的表情都是明朗的，我错了。我以为她的表情就算是生气，就算是哭泣，都是明朗的，我错了。

她也会有这种表情啊。

这种好像要伤害他人的表情。

她看见我，表情立刻变了，带着困惑的笑容。我在她的催促下站了起来。我的衬衫和裤子都湿透了，幸好是夏天。我不觉得冷，因为气温，也因为她握着我的手腕。

129

她用力拉着我的手走向他，看着他的脸，看见他惊愕的表情，我确信他以后不会再偷拿我的东西了。

我走过他身边，任她拉着我前进，但她突然停下脚步，我几乎撞上她的背。我们的伞碰撞在一起，大颗的雨滴纷纷落下。

她没有回头，平静地大声说道：

"我讨厌孝宏了，所以再也不要接近我和我周围的人。"

被叫作孝宏的男生什么也没说。最后从背影看起来好像在哭。

我就这样被她拉回家。默默地进门，她把毛巾跟替换的衣物递给我，叫我去淋浴。我就不客气地照做了。我借用了男生的T恤、内裤和运动裤，这才第一次得知她有个年长她许多的哥哥。我甚至不知道她家有些什么人。

我换好衣服，被叫到二楼她的房间。我走进门，她跪坐在地板上。

于是我跟她一起经历了人生最初的体验。人际关系贫乏的我不明白是怎么回事，于是就借用她的话。

她说，这叫作言归于好。

这比我之前体验过的任何人际关系都让人坐立不安，让人难为情。

她跟我道歉。我也跟她道歉。她跟我解释。她说：我以为你会为难地一笑置之。所以我也解释。我说：虽然不知道为什么，但觉得被侮辱了，所以很生气。她在雨中追过来，是因为这样下去我们的关系一定会恶化，而她不希望如此。她被我压倒时之所以哭出来，只是因为男生力气大，被吓到了而已。

我不停地在心底道歉。

途中我想到被留在雨中的他，还是有点儿在意。我们班的班长果然是她的前男友。我老实说出了在雨中想到的话。与其跟我在一起，不如跟他这样真心喜欢她的人在一起比较好。我们只是那天偶然在医院碰到而已。

我这么说后被她骂了。

"才不是偶然呢。我们都是自己选择走到这一步的。我跟你同班，那天在医院碰到，都不是偶然，也不是命运。让我们碰面的，是你在此之前做的各种选择，跟我在此之前做的各种选择。我们是因为自己的意愿才相遇的。"

我哑口无言，说不出话来。我真的从她身上学到很多。要是她不是只能再活一年，可以活得更久的话，一定能教我更多的东西吧。不对，不管有多少时间，一定都不够。

我拿起装着湿衣服的袋子跟包包，以及向她借的书。我看书是按照入手的顺序，所以书架上堆着的书会先看，一时之间还轮不到这一本。我这么告诉她，她说，一年以后再还就好。也就是说，我答应在她死之前都跟她要好。

第二天，我到学校去参加辅导课，我的便鞋并没有不见。

我穿着便鞋走进教室，她不在。第一堂课开始了，她也没来。第二堂也没来。第三堂也没来。一直到放学也没见到她。

她没来的理由，我当天晚上才知道。

她住院了。

6

我再见到她,是星期六在医院的病房。上午是阴天,气温也算舒适。她发短信告诉我可以会面的时间,所以我就去探病了。说是我去,其实是被叫去的。

她住在单人病房。我到的时候,没有其他探病的人,她穿着普通的病号服,手上挂着点滴管,正面对窗子跳着奇怪的舞。我从背后出声叫她,她吓得蹦起来,大声惊叫着躲进被窝里。我在床边的折叠椅上坐下,等骚动平息。她突然静下来,没事人似的在床上坐正。她的突如其来之举是不分时间、地点的。

"不要突然过来啊,我会先丢脸死的。"

"要是你因为这种前所未闻的方式死了,我会拿来当一辈子的笑话说哦。这个给你,探病的礼物。"

"哎……那样很好呀!啊,是草莓!一起吃吧。把架子上的盘子拿来。"

我按照她的指示,到旁边的白色架子上拿了两套盘子跟刀叉,回到椅子上坐下。顺便一提，草莓是我跟爸妈说要去探望住院的同学，他们给钱让我买的。

我摘掉草莓的蒂，一边吃着，一边问她的病情。

"完全没事。只是数值有点儿变动，我爸妈很担心，就送我来住院，没问题的啦。大概住院两个星期，接受特别的药物治疗，然后就可以回去上学了。"

"那个时候已经放暑假了。"

"啊，对哦。那得先跟你敲定暑假的计划。"

我望着她手臂上的点滴管，挂在铁架上摇晃的袋子里装着透明的液体，脑海中浮现一个问题。

"你跟其他人，比方说闺密恭子同学，是怎么说的？"

"我跟恭子他们说来割盲肠。医院这边也配合了我的说法。她们好像很担心，这样我更不能说实话啦。几天前把我压倒在床上的'交情好的同学'觉得如何？"

"嗯……我觉得至少应该跟闺密恭子同学说清楚。然后就尊重前几天扑过来抱住我的当事人的想法啦。"

"哎哟，不要让我想起来啊！好丢脸！死前被你压倒的事要是让恭子知道，你就乖乖等着被宰吧。"

"你想让闺密同学成为杀人凶手吗？真是罪孽深重。"

"闺密同学是什么意思？"

"这是我给恭子同学取的小名，有亲近的意味。"

"听起来非常死板，就好像叫课长先生一样吧？"

她惊愕地耸耸肩，跟平常没有任何不同。

我在短信中询问过病情，看见她本人精神饱满的样子，于是放心了。我本来担心她是不是病情加重，要早死了，现在看这个样子应该不至于。她脸色很好，动作也很敏捷。

我松了一口气，从包包里拿出新买的笔记本。

"点心吃完，开始做功课了。"

"哎……再混一会儿嘛！"

"是你叫我来帮你复习的啊，怎么能一直混？"

我今天到医院来，除很久没看见她以外，还有正当的理由。她拜托我帮她补没去上学那几天缺的课。我当下就答应了，她反而吃了一惊。真是有够失礼的。

我把新的笔记本和笔递给她，跟她说了课程的重点。我凭主观省略了感觉不重要的部分，进行了简略的补习。她也很认真地听了。连休息的时间算在内，我的浓缩补课大约一个半小时就结束了。

"谢谢。'交情好的同学'很会教人啊。以后当老师吧。"

"才不要。你为什么老是要我做跟别人扯上关系的事情啊？"

"可能是要你替我做如果我不死的话会想做的事吧。"

"你这么说，我要是拒绝了不是显得很卑鄙吗？不要这样。"

她一边咻咻地笑着，一边把笔记本放在床边咖啡色的架子上。架子上堆着杂志跟漫画之类的书。像她这样的行动派，关在病房里一定觉得很无聊吧。怪不得会跳奇怪的舞。

时间接近中午。我事前知道中午闺密同学要来，所以打算十二点离开。我跟她说了，她回道："你也加入当闺密就好了啊。"我慎重地拒绝了。当家教当得肚子都饿了起来，最重要的是确认她没事，我就心满意足了。

"那在你回去之前，我变魔术给你看吧。魔术哦。"

"哎，你已经学会了？"

"简单的而已。我练习了好几个。"

她变的魔术是扑克牌的把戏。让对方选一张牌，然后猜中。我觉得在这么短的时间内学会很厉害。我对魔术一无所知，所以不知道秘诀是什么。

"下次我会表演更难的，敬请期待！"

"我很期待。最后表演从着火的箱子里脱逃吧。"

"你是说火葬场？那不可能的啦！"

"就说了不要讲这种笑话。"

"小樱——你好吗——怎么，又是你？"

这个快活的声音让我不由得转过头，走进病房的闺密同学皱着眉瞪着我。我觉得最近闺密同学对我的态度越来越明显了。这样下去，她死后要跟闺密同学交好，看来是不可能的任务。

我站起来，跟她说了再见，然后离开。闺密同学明显地在瞪我，我避开她的视线。昨晚电视上的动物节目说，不要跟猛兽对视。

话虽如此，我本来希望两种不同的生物可以不要互相干涉，我的意愿却被无视了。她在病床上突然说出了让人出乎意料的话。

"对了，交情好的同学，上次借你的我哥的T恤和内裤呢？"

"啊……"

我从来没有这么痛恨过自己的漫不经心。跟她哥哥借的衣服我放在包包里，完全忘记拿出来还她了。

但是她也用不着现在说出来啊。

我转过身，看见她笑嘻嘻的面孔和床边闺密同学惊讶的表情。我尽量不表现出内心的不安，从包包里拿出装着衣服的塑料袋递给她。

"谢谢!"

她满面堆笑,轮流望着我和闺密同学。我也偷瞄了闺密同学一眼。我也有怕看又想看这种愚蠢的欲望吧。闺密同学已经收起惊愕的样子,改投我以杀气腾腾的目光。可能是心理作用也说不定,但我觉得她好像发出了狮子般的吼声。

我立刻避开闺密同学的视线,快速走出病房。我在走出去之前,听到闺密同学压低了声音,质问她说:"内裤是怎么回事?"我加快脚步离开,以免被卷入麻烦里。

新的一周。星期一我乖乖去上学,教室里竟然流传着我做梦也没想到的谣言。

看来我似乎是她的跟踪狂。照例,这是从嚼口香糖的男同学那里听说的。真是胡说八道,我皱起眉头,他好像觉得很有趣似的问我要不要吃口香糖,我郑重拒绝。

我想象了一下谣言发生的经过。一定是有几个人看见我跟她在一起,不知怎么,传成她在哪里我就跟到哪里,然后对我没好感的人带着恶意说我是跟踪狂,就传成跟真的一样了。我的想象力只到这里为止,但应该跟事实相去不远吧。

就算经过真是如此,完全没事实根据的谣言还是让我大吃一惊。更有甚者,班上几乎所有人都相信了谣言,大家窃窃私语,说我是跟踪狂,还是小心一点儿的好。

再说一遍,我真的非常吃惊。为什么他们都相信大多数人的说法就是正确的呢?只要有三十个人在一起,他们估计就能毫无顾忌地杀人了吧，而且还浑然不觉那并非人性，只是机械性的机制而已。

因此，我心想，事态说不定会恶化，大家会联合起来霸凌我，但这是我太看得起自己了。说穿了，他们真正有兴趣的是她，而不是我这个跟踪狂。

不，我不是跟踪狂。他们完全没必要对我采取毫无益处的麻烦行动。至于每天到学校来都瞪我的闺密同学，光是她对我抱着美其名为兴趣的敌意，就够可怕的了。

星期二，我第二次去医院探病的时候跟她说了这件事，她捧着胰脏哇哈哈哈哈地大笑。

"恭子、交情好的同学跟大家都好好玩儿啊！"

"你觉得背后说人坏话很好玩儿？真是恶劣。"

"我觉得大家之前都不理会你，现在这样注意你很好玩儿。那你知道自己为什么会陷入现在的状况吗？"

"当然是因为跟你在一起，不是吗？"

"你打算把账算在我头上？不对哦，是因为你都不跟大家说话。"

她在床上剥着蜜柑的皮，断言道。

"大家都不知道'交情好的同学'是怎样的人，所以才会那么想。为了解开彼此的误会，你应该多跟同学们来往。"

"我不做对大家都没好处的事。"

她不在之后，我就又是一个人了。她不在之后，同学们就会忘了我。因此完全没有必要。

"大家要是多了解你，就会知道你是个有趣的人。即使是现在，我也不觉得大家认为'交情好的同学'是坏人。"

说什么蠢话，我一边剥蜜柑皮，一边想。

"除了你跟恭子同学,其他人都只觉得我是平凡的同学吧?"

"这你问过他们吗?"

她歪着头,一针见血地说道。

"没问过。但我想应该是这样。"

"这种事不直接问怎么知道。只是'交情好的同学'自己想象的吧?谁说一定就是正确的。"

"不管正不正确都无所谓。反正我不跟任何人来往,只是我的想象而已。我喜欢在别人叫我的时候,想象对方是怎么看我的。"

"干吗就自己想象自己下结论啊。你是自我完结类的男生?"

"不是,我是'自我完结国'来的'自我完结王子'。崇拜我吧。"

她扫兴地剥着蜜柑皮。我没想过要她了解我的价值观。因为她跟我完全相反。

她的成长过程中,一直都跟各种各样的人来往,从她的表情和个性就看得出来。相反地,我除了家人,跟其他人的关系都在脑袋中想象就完了。被喜欢或是被讨厌都是我的想象,只要不危害到自己,喜欢或讨厌都无所谓。我就是这样长大的。我从一开始就放弃了跟别人来往。我是跟她完全相反,不被周围人需要的人。但如果问我这样好不好,我会很为难。

她吃完蜜柑,仔细把皮叠起来,扔进垃圾桶。蜜柑皮球精彩地正中目标,这种事就能让她高兴到握起拳头。

"对了,那你觉得我是怎么想你的?"

"谁晓得,不是交情好吗?"

我随便回了一句,她嘟起嘴来。

"叭——错——了。虽然之前我是这么觉得的啦。"

她独特的表达方式让我侧耳倾听。我想也是如此。也就是说，不是她的想法改变了，而是她发现自己的想法是不一样的类型吧。我稍微有了一点儿兴趣。

"那你是怎么想的？"

"人家告诉你就没有意思啦。就是因为不知道别人对自己的看法，所以友情跟爱情才有趣。"

"果然你的想法是这样的。"

"咦，我们之前也讲过吗？"

她怀疑地皱着眉头，好像真的忘记了。她滑稽的样子让我笑出来。另外一个置身事外的我，望着自己直率地对别人笑着，一边讶异自己什么时候变成这样的人了，一边觉得佩服。毫无疑问，是眼前的她改变了我。虽然这是好是坏，没人知道。总之，我变了不少。

她看见我笑，眯起了眼睛。

"我想告诉大家，交情好的同学是个大好人。"

她的声音非常平稳。她竟然能对把自己压倒的男生说出这种话。这样说我都要后悔一辈子。

"大家也就罢了，告诉恭子同学吧。她实在很可怕。"

"我已经说了啊。那孩子非常关心朋友，她觉得你骗了我。"

"是你的表达能力有问题吧。恭子同学看起来很聪明。"

"哎，为什么一直称赞恭子，你打算在我死后玩弄她吗？就算是我，也觉得这样太过分啦！"

我只冷淡地剥着蜜柑皮应对她的过度反应。她好像很愉快似的在床上坐正，害我又笑出来。

"那来表演今天的魔术吧。"

这回她学会的魔术，是让手中的硬币消失后又出现。虽然这是循序渐进，但还是跟上次一样，以初学者来说算是很厉害了。在什么都不懂的我看来，她厉害得让我觉得她在这方面搞不好有特别的才能。

"人家一直都在练习啊！因为没有时间啦……"

不正是因为有时间所以才能练习吗？我很想礼貌地吐槽，但想想还是要让她知道我没这么容易被她的笑话给打动，所以就算了。

"这样下去，一年以后，八成可以变出厉害的大魔术啦。"

"嗯，差不多吧……嘿！"

她的断句很奇怪。可能是因为我没理会她的笑话所以不高兴了。没办法，我只好坦诚地称赞她努力的成果。她非常高兴地笑了。

就这样，第二次探病对她而言顺利结束。

对我个人而言，问题则发生在我离开医院回家的路上。

在这个世界上，我最喜欢的地方可以算是书店了。这天我离开医院之后，也去了书店。我在冷气充足的店里浏览书籍。幸好今天没有等我的女生跟着，花多少时间都没关系。

我这个人没有任何可以夸耀之处，只有看书时的专注力绝对不输任何人。就算有人问我要不要吃口香糖，只要听惯了的上课铃声不响，我就可以不顾周围的一切，沉浸在自己的世界里看书。假如我是草食动物的话，一定会沉迷在不同的世界里，完全没发现肉食动物逼近，然后马上就被吃掉。

因此，我站着看完文库本里的一篇短篇，回到疾病夺去少女生命的这个世界时，才终于惊觉，狮子就在我旁边。

我吓得几乎要跳起来。闺密同学背着一个大包包，看着手上拿的文库本。但我知道她的意思明显是要收拾我。

不知道能不能不发出脚步声，悄悄地离开这里啊。我淡淡的期待立刻被抹杀了。

"你觉得小樱如何？"

闺密同学连招呼也没打，就这样单刀直入地发问，充满了要是答错了的话就扑上来咬人的魄力。

我感觉背后冷汗直流，不知如何是好。到底该怎么回答才是正确答案呢？但是，我想了一下就发现了。闺密同学的问题，纯粹只是关心她而已。对她诚实的问题，我除了诚实回答，别无选择。

"我不知道。"

在此之后数秒的沉默，不知闺密同学是迷惘，还是在积蓄杀气，当我回过神来时，手腕已经被狮子的爪子攫住。我被粗暴地拉过去，跟跄了一下。闺密同学用恫吓的声音说道：

"那个孩子表面上虽然那样，但其实比任何人都容易受伤。不要抱着随随便便的心态接近她。要是因为这样伤害了小樱，我会宰了你。"

宰了你——小学生、中学生会随便挂在嘴上威胁别人的话，但这不一样。闺密同学明白地告诉我，她是认真的。我不禁颤抖。

闺密同学没有再说什么，就这样离开了。我在书店里拼命设法平息狂乱的心跳，结果我一直站在原处无法动弹，直到偶尔走进书店的同班同学问我要不要吃口香糖。

我到底觉得她如何。这天晚上我认真地思考着。

但，还是完全无法想出答案。

我差点儿在书店被吃掉的第二天，她突然发了短信叫我过去。之前两次她叫我去的短信都是提前一天，这次很稀奇。我心想，可能发生什么事了，结果什么也没有。我到的时候她满面笑容地说道：

"要不要逃离医院？"

她只是要立刻告诉我她想到的恶作剧而已。

"不要，我还不想成为杀人凶手。"

"没问题的，濒死的恋人在逃离医院途中死掉，大家一定都会原谅你的。"

"依照你的理论，就算别人说不要推，还是把人家推进热水里，也可以被原谅啰？"

"哎，可以吧？"

"不可以啦，只会犯伤害罪而已。所以要逃离医院的话，跟不在乎你缩短寿命的恋人一起去吧。"

她好像真的很遗憾似的，用手指玩着绑头发的发圈。我很是遗憾，她竟然以为我会答应做这种让她陷入危险的行动；然后我也很意外，她已经来日无多，竟然还提议这种让自己陷入危险的愚蠢行动。

难道不是玩笑吗？我望着她跟平常一样的笑容，感到一丝立刻就能消散的异样。

在那之后，她提议"那我们就逃离病房吧"，于是我们一起去了三楼的商店。她小心地避免扯掉右手上的管子，握着像是麦克风杆一样的支架走在我前面，看起来简直就跟病人一样。我是这么觉得的。

我们并排坐在商店附近的沙发上吃冰。她说话了。我不知道她为什么突然说这种话。

"哎，你知道樱花为什么在春天开吗？"

"你是说自己吗？那我不知道你是什么意思。"

"不是啦。我什么时候叫过自己的名字？难……难道除我以外，你还叫别的女人小樱……原来你这么花心，怎么不去死一死啊？"

"你不要因为天国好像很闲就要把我拉去。对了，你的葬礼一定要在友引日①举行。"

"哎……我希望我的朋友都活着，所以不行啦。"

"那你能用稿纸写下我死了也没关系的理由吗？哦，刚才是说樱花为什么在春天开吧。樱花就是在春天开的花，不是吗？"

我非常正经地说着，她却打心底瞧不起我似的嗤之以鼻。我忍着用手上的柠檬冰棒戳她鼻子的冲动。

她好像察觉到我的不悦，笑着解释了她要说的话。

"我告诉你吧。樱花其实在谢了之后的三个月左右，下次开的花就发芽了。但是这些芽会休眠，等待天气变暖，然后再一口气开花。也就是说，樱花在等待该开花的时候。很棒吧？"

听着她的话，我觉得把花的习性硬套上这种深意也未免太牵强了。那只是等待运送花粉的昆虫和鸟类出现而已。然而，我并没有吐槽她。要说为什么的话，是因为我想到了别的观点。

"原来如此。跟你的名字真相配。"

"因为很漂亮？怪不好意思的。"

"……不是，你觉得邂逅或变故都不是偶然而是选择，所以我觉得选择春天盛开的花的名字跟你非常相配。"

---

① 友引日：类似农历吉凶的日本历注六曜之一。友引意为与朋友同行，所以通常葬礼会避开友引日。

143

我的意见让她瞬间呆住了,然后非常高兴地说:"谢谢你。"

"相配"跟"适合"一样,并不是夸奖的言辞,但她却这么高兴,我实在不知道为什么。

"交情好的同学名字也很适合你哦。"

"……这很难说。"

"不是吗,死就在你身边。"

她轮流指着我和自己,得意地说笑道。

她咬着西瓜冰棒,一如往常摆出好像会永生不死的样子。这一点儿也没变,但不知怎么,她的说笑听起来像是暑假最后一天,慌忙地找寻还没做的自由研究的答案一样。

发生了什么事吗?

我在心底这么想。然而,我并没有问她。因为我觉得她心中的些许焦虑原本就是理所当然的。只剩下一年的人生,像她这样悠然自在才奇怪呢。

因此,我把那天在她身上感觉到的异样,当成只是我的主观产生的微不足道的小事处理掉了。

我觉得那是正确的。

再下一次被叫去医院的星期六中午,我感觉到的微小异样在我面前现形了。

我在她指定的时间进入病房,她立刻察觉到我来了,笑着叫了我的名字。只不过她的笑容有点儿僵硬。

她丰富的表情简直就像描绘出她的内心似的,传达出她的紧张。我充满了不好的预感。

我稳住想往后退的脚步,坐在同一张折叠椅上。她仿佛下了某种决心,说出正中我预感的话。

"哎,交情好的同学。"

"……嗯,怎么啦。"

"只要一次就好。"

她说着,伸手从架子上拿下扑克牌。

"玩真心话大冒险,好吗?"

"……为什么?"

她提议玩恶魔的游戏。我虽然觉得试着断然拒绝比较好,但我想知道她为何突然这么说,更别提她的样子正经得吓人。

她没有立刻回答,我便继续说下去。

"你一定有想问的事情,要不就是非常想要的东西吧。而且,如果随便拜托我的话,我可能会拒绝。"

"不是……那样的。你也有可能直接告诉我,但我没办法决定要不要问,所以就让命运决定了。"

她畏首畏尾、含混不清地回答,到底是什么意思啊?我不觉得自己拥有会让她如此困扰的秘密。

她一直望着我的眼睛,仿佛要传达强烈的意志。很不可思议的是,她的眼神反而让我没了力气。是因为我是草船呢,还是因为对手是她?

想了半天,最后我下了这样的决定。

"……既然你借了我书,只玩一次的话,我就奉陪吧。"

"谢谢。"

她好像事前就知道会有这样的答案一般,跟我道了一声谢,开始洗牌。她的样子果然很奇怪。平常她好像把说废话当正业似的,今天却完全没有说任何多余的话。她到底是怎么了?担心和好奇在我心中混合成奶昔。

真心话大冒险的规则跟之前一样。只不过玩一次游戏,我们却轮流洗了五次牌,然后把牌堆在床上,从中选一张。

她烦恼了半天,从中间下方抽了一张。然后我拿了最上面的牌。反正看不见牌底,也不知道哪一张在哪里,所以从哪里选都没差别。而且我对这个游戏的执着和她不能比。要是这么说,她可能又会生气,但这次我是赢是输都无所谓。要是胜负是由气势或意志决定的话,要是神只把世界设定成这样的话,那毫无疑问她一定会赢。

她会这么说的吧:就是因为不能这样,所以才有趣啊。

我们同时把牌翻开,她露出深深后悔的表情。

"哇,真是失策。"

她握住床上的被子,好像在等气馁逃离。获得胜利的我只能在旁默默看着。她终于察觉我的视线,把气馁抛到一旁,露出微笑。

"真是没办法!就是这样!所以才有趣啊!"

"……对了,我得想个问题才行。"

"好啊,你问什么我都会回答哦。要不要问我的初吻之类的?"

"难得有发问权,我才不会问这种比地下室还低级的问题呢。"

"……地下室并不低级啊。"

"对啊,所以呢?你以为我说的话有意义吗?"

她愉快地哇哈哈哈笑起来。我看着她笑的模样,觉得以为她跟之前不同可能是我多心了。这次跟上次来探病的时候,她都跟往常不太一样,可能没什么大不了。她的表情会因为各种理由立刻改变,比方说喝酒啦，天气啦，其实都是些小事。我期望是如此。

我无可奈何地赢了，只好开始思索。该问她什么呢。我对她的兴趣跟之前玩这个游戏时一样，并未改变。她是如何成为这样的人呢？其实我或许还有一两件更为在意的事。比方说，她对我的想法。

但是我没有勇气问她。我跟她在一起之后，发现自己这个人既胆小又怯懦。她充满了勇气，跟我完全相反。

我一边望着她，一边想要问什么。她默默地看着我，等我发问，静静地坐在床上，看起来比以前稍微像要死的人了。

我把这个念头抛在脑后，决定要问她什么问题。

"对你来说，活着是什么？"

她玩笑地说："哇，好正经哦。"然后严肃地仰着头思索。"活着啊。"她喃喃道。

就这样，感受到她凝视着生命而非死亡，我就觉得心里稍微轻松了一些。我很怯懦。我明白自己还没接受她会死的事实。

我想起旅行的时候，看见她背包里的东西就乱了阵脚，以及那天她用最后的问题威胁我。

"嗯！对了！就是这个！"

她竖起食指，告诉我她想出的结论。我竖起耳朵以免漏听。

"活着一定……"

"……"

"……就是跟某人心意相通。那就叫作活着。"

啊，原来如此。

我恍然大悟，起了鸡皮疙瘩。

等于是她存在意义的话语，变成了视线和声音、她炽热的意志和生命的振动，震撼了我的灵魂。

"认可某人。喜欢某人，讨厌某人。跟谁在一起很开心，跟谁在一起很郁闷；跟谁牵手，跟谁拥抱；跟谁擦身而过。那就是活着。只有一个人的话，就不知道自己是否存在。喜欢某人、讨厌某人的我，跟谁在一起很开心、跟谁在一起很郁闷的我。我觉得我和这些人的关系，就是我活着的意义，而不是别人的。我的心是因为大家在才存在，我的身体是因为大家触碰才存在。这样构成的我，现在活着。还在这里活着。所以人活着是有意义的。就跟你和我都是因为自己的选择，所以现在在这里活着一样。"

"……"

"……哦，我的演讲太热情了。这是认真青少年谈话节目现场吗？"

"不是，是病房。"

我非常冷淡地回答。她嘟起嘴来。

我希望她原谅我，我现在没法回应这种笑话。

听到她的话，我才第一次从心底的最深处发现了累积的真正情感。只要一靠近就能察觉，那几乎要成为我整个心灵的情感。但在此之前，我却一直没有发现。因为我是个懦弱的人。

这几天以来，不对，其实是我一直以来都在寻找的答案，现在就在这里。

没错，我对你……

我竭尽全力压下这句话。

"……真的。"

"啊，你终于开口了。什么？交情好的同学？"

"真的，我从你这里学到了很多。"

"哇，干吗突然这么说，真不好意思。"

"我是认真的。谢谢你。"

"你发烧了吗？"

她伸手摸我的额头。我当然没发烧，她把头歪向一边。原来这不是比喻，她是真的以为我发烧了啊。这实在太有趣了，我笑起来。她看见我笑，又朝我伸出手。我又笑起来。就这样反复。

啊……好开心。因为有她在。

她终于明白我没发烧后，我感激地建议她吃我买来的切块菠萝。

之前来探病时，她说下次带菠萝来。我的建议让她愉快地笑起来。

我们俩津津有味地吃着菠萝。她叹了一口气。

"啊……啊，我真是不走运……"

"真心话大冒险吗？是啊，但是就算不玩游戏，只要是我答得出来的问题，我都会回答。"

"没关系，这是游戏的结果。"

她干脆地拒绝了。她想问什么，我还是完全没有头绪。

吃完点心之后，我替她补上了学校辅导课程的进度，接下来，照例是魔术表演。这次跟上次时间没隔多久，她表演的是使用道具的简单魔术，但对魔术一窍不通的我还是深感佩服。不久之前才察觉自己心情的我，在补习时跟魔术表演时都一直盯着她。

"我该回去了。肚子饿了。"

"哎……这就要走了啊。"

她好像小孩儿一样摇晃身体抗议。对她来说，自己一人待在病房里，可能比我想象中要无聊、讨厌得多吧。

"你也马上要吃午餐了吧?而且恭子同学来了的话,我可不想被当成午餐吃掉。"

"吃胰脏吗?"

"搞不好会这样呢。"

我一边想象着自己被肉食动物捕获,一边站起来。她说:"等一下!"

"等一下,我还有个最后的请求。"

她招着手叫我过去。我毫无戒心地走近,她仿佛毫无恶意、顾忌、二心、预谋、反省和责任感似的,倾身向前抱住我。

她完全没有预兆的行动让我连惊讶都忘记了。我冷静得出乎自己意料,把下巴搁在她肩膀上。好甜。

"……那个。"

"这跟上次不一样哦,这不是恶作剧。"

"……那是什么。"

"最近不知怎么,喜欢人的体温……"

她的说法让我有了某种确信。

"哎,其实我一直在意一件事。"

"三围吗?因为我的胸部抵着你。"

"少犯蠢了。"

"哇哈哈哈。"

"你的样子有点儿奇怪。发生什么事了吗?"

我们抱在一起,不对,正确说来,是我被她主动抱住。我等着她回答。这跟以前不一样,我不觉得她在耍我,别说我的体温啥的,只要能派上用场,她爱怎么用都没关系。

她慢慢地摇了两次头。

"……嗯，什……么事都没有啦……"

当然我并不相信。但我也没有勇气逼她说她不想说的话。

"我只是在品味你给我的真相和正常生活而已。"

不管有没有离题的勇气，此时我反正不可能知道她的真心。

时机这种东西真的完全背弃了我。

就在她沉默不语的当下，背后传来猛兽的吼声。

"小樱——早——啊，是你……今天我一定饶不了你！"

我把她往床上一推，听见她"呀"地叫了一声。我转向门口的方向，闺密同学站在那里，像魔王似的恶狠狠地瞪着我。我猜我的表情一定也扭曲了。

闺密同学逐渐逼近，我往后逃窜，但是被病床挡住了。

就在闺密同学打算揪住我的胸口，我心想万事休矣的时候，援军出现了。她迅速下床，紧紧抱住闺密同学。

"恭子不要激动啦！"

"啊，嗯，那我走了。"

我像是要逃离闺密同学一样逃出病房。每次她一来我就逃，并不理会闺密同学大喊我名字的声音。第三次探病就这样结束了。我觉得身上还残留着甜甜的气息。

或许该说事实上我并没法这样干脆地思考，但第二天是星期天，我果然收到她的短信，知道了那天她可能想隐藏的事实。

她住院的时间延长了两个星期。

7

住院时间延长了,她却很意外地满不在乎。虽然我很担心,她却露出这并不是预料之外的样子,我就稍微安心了一点儿。我只在心里承认,其实我很是焦急。

星期四下午,暑期辅导结束后我去探病。辅导课也马上就要上完了。

"暑假已经过了一半啦。"

她以惋惜的口气说道。好像是要告诉我,她真的只是在惋惜这个。

天气晴朗。开着冷气的病房像是替我们隔离阳光的保护层,不知怎么让我觉得不安。

"恭子还好吧?"

"啊,嗯。可能是我多心,我觉得她的眼神好像比上星期锐利,但你说服她大概就跟麻醉枪生效了差不多,她还没扑向我。"

"不要把我的好朋友讲得跟猛兽一样。"

"一定没有人用那种眼神看过你。她是装成小猫咪吧。狮子是猫科的猛兽呢。"

我没告诉她一星期前在书店发生的事。

我打开带来的伴手礼罐头,把里面的水蜜桃倒出来,跟她一起吃。浸在糖浆里的蜜柑之类的水果会让人想起小学的时候。

她一边吃着黄得出奇的桃子,一边望着窗外。

"天气这么好,你为什么到医院来?去外面玩躲避球吧。"

"第一,是你叫我来的;第二,我自从小学毕业之后就没玩过躲避球了;第三,没有人跟我一起玩。以上三项,挑一个你喜欢的吧。"

"全部。"

"真是贪心。那,最后一块桃子给你。"

她露出孩子般的笑容,用叉子叉起桃子,一口吃掉。我把碗和空罐子拿到病房一角的水槽。只要把东西放在那里,护士就会来清理。要不是她生着病,这里简直是贵宾室。

贵宾室的服务项目还包括我免费替她补习,她今天也一边嫌麻烦一边认真地做笔记。以前我问过她一次,既然她不会参加考试,为什么还要读书。她回答,要是不读书成绩突然滑落,那周围的人会觉得很奇怪。原来如此。我明白自己无论在任何情况下,都不想用功念书的理由了。

今天她的魔术表演暂停一次。果然没办法这么快就学会新招儿。她说她在练习秘密招数,要我期待。

"我会伸长脖子等着。"

"脖子要怎样才能伸长?找人替你拉长吗?"

"你笨得连惯用语都听不懂了啊?脑子也染上病毒就糟了。"

"说别人笨的人才笨呢!"

153

"错了吧,我说你生病了,但我可没生病。"

"才没错呢,死吧!因为我要死了。"

"你不用这样急着咒我吧?"

还是跟往常一样闹着玩的对话。能这样胡说八道让我很高兴。用一如往常的口吻和她一起说笑的气氛证明了日常并未改变。

这种毫无意义的事就能让我安心,果然我的人际经验还是不够。

她开始在《共病文库》上写字,我无所事事地望着病房的角落。在这里待过的人罹患的各种疾病的碎片都累积在这里,所以角落才很阴暗。我心想。

"交情好的同学,暑假有什么打算?"

我正要把视线从角落慢慢转回她身上,她就叫了我的名字。我的视线比意料中更快到达她那里。

"到这里来,和在家看书吧。还有做作业。"

"就这样?做点儿别的事吧,难得放暑假。让恭子代替我跟你一起去旅行如何?"

"我没有进入兽栏里的资格。你不跟恭子同学去旅行吗?"

"恐怕没办法,住院时间延长了,她的社团活动也很忙。"

她好像很寂寞似的朝我一笑,然后说:

"真想再旅行一次啊。"

"……欸?"

她无精打采的话让我瞬间停止了呼吸。

房里突然好像连空气都阴暗起来,我觉得沉睡在心底的某种讨厌的玩意儿涌上了喉头。我忍着不吐出那玩意儿,急急喝了一口塑料瓶里的茶。刚才那是怎么回事?

我在脑中反刍她说的话。跟小说里的名侦探思考重要人物的台词一样。

我的脸色一定很难看。她收起无力的笑容，把头倾向一边。

觉得不可思议的人，是我。

她，为什么……

我心里这么想时，就不由得开口说了出来。

"为什么说得好像再也不能去旅行了一样？"

她好像无言以对，露出惊慌失措的神情。

"……听起来像是那样吗？"

"对。"

"这样啊……我虽然看起来很有精神，但其实也有消沉的时候啊……"

"喂……"

我现在到底是什么表情。上次来这里时潜伏在内心深处的不安，好像就要冲口而出。我虽然极力想掩住嘴，但嘴却在手还没动弹前先张开了。

"你不会死吧？"

"咦？会死哦。你跟我，大家都会死。"

"不是这个意思。"

"要是指胰脏坏掉了，那是会死的。"

"不是这个意思！"

我啪地拍打床边，不由得站起身来。椅子倒在地上，刺耳的金属声在病房中响起。我的眼睛一直映在她的眼睛里。现在她露出真正大吃一惊的表情。我自己也吓了一跳。到底是怎么了？

我从干得要命的喉咙里，挤出最后一点儿声音。

"你还，不会死吧？"

她仍旧惊讶得无法回答。病房被一片沉寂笼罩。这让我害怕，于是我继续说：

"你之前就有点儿奇怪了。"

"……"

"你在隐藏什么吧。太明显了。玩真心话大冒险，还突然抱住我。我问你发生了什么事的时候，你的反应也不对劲儿。突然停顿下来，你以为我不会觉得奇怪吗？别看我这样，你生了重病我还是很担心啊。"

我不知道自己能把话说得这么快，这样喋喋不休。说完了上气不接下气，不只是因为喘不过气来。我很困惑。我不明白想隐藏实情的她，也不明白想干涉她的自己。

她仍旧带着非常惊讶的表情。我望着她，有人说"别人比自己狼狈而感到安心"，这个原理让我稍微安心了一些，我把椅子扶起来坐下，松开抓着床单的手。

我望着她的面孔，她双眼圆睁，嘴唇紧抿。她是不是又想隐藏真心了？这样的话，我该怎么办呢？我有进一步追究的勇气吗？就算有，那有什么意义呢？

我……到底该怎么办？

我思索了一下，答案出来了。

她的表情总是变化万千。所以现在呆呆的面孔，也让我觉得不管她的表情是什么形式，都还是充满了丰富的变化。

不对。这次她的脸色真的慢慢改变了。紧抿的嘴角以蜗牛般的速度上扬，圆睁的双眼也像闭幕一样慢慢眯起，僵硬的面颊跟冰块儿融化一般缓和下来。

她以我花上一辈子也没办法做出的表情笑起来。

"要不要我告诉你发生了什么事？"

"……嗯。"

我好像要被斥责的小孩儿一样紧张。

她张大了嘴，仿佛十分幸福地说：

"什……么也没有哦。我只是在想你的事。"

"我的事？"

"对，你的事。真心话大冒险也是，我想问的问题没什么大不了的。一定要说的话，就是我希望我们的交情能更好些。"

"……真的？"

我以怀疑的声音问道。

"真的。我不会对你说谎。"

她可能只是嘴上敷衍我，即便如此，我还是无法隐藏自己，松了一口气。我一下子松懈下来。我虽然知道这样很天真，但还是信了她的话。

"嘻嘻嘻。"

"……怎么啦？"

"没有啦，我现在觉得好幸福哦，简直要死掉了。"

"不行。"

"你希望我活着？"

"……嗯。"

"嘻嘻嘻嘻嘻嘻嘻嘻。"

她看着我，笑得异常开心。

"真是的，我完全没想到你竟然这么需要我，真是太荣幸了。你这个'家里蹲'第一个需要的人是我吧。"

"谁是'家里蹲'啊？"

我一边吐槽，一边觉得脸上好像要火山爆发似的难为情。我担心她，是因为不想失去她，她对我而言是重要的。虽然是事实，但说出来比我想象中更让人不好意思。我全身的血液好像都沸腾着往头上冲。这样的话我会先死掉。我深呼吸，将热意往体外发散。

她完全没有让我喘口气的意思，继续愉快地说道：

"我的样子跟平常不一样，所以你以为我马上要死了，然后没告诉你？"

"……对，你住院的时间又突然延长了。"

她哈哈大笑，手上的点滴好像都要掉了。被她笑成这样，就算是我也会不爽。

"你让我误会，是你不好吧。"

"我之前不就说过了吗？还有时间的！要不然我不会练习魔术啊……你刚才说的什么停顿，为什么会介意那种事情……真是小说看太多了吧。"

说完她又笑起来。

"没事的，要死的时候我会告诉你。"

她又哈哈大笑。她这样笑我，害我也觉得好笑了起来。她是在告诉我，我显然误会大了。

"我死了，你要把胰脏吃掉哦。"

"如果坏掉的地方没了，你是不是就不会死了？那我现在就吃掉吧？"

"你希望我活着？"

"非常希望。"

幸好我是那种说实话也看起来像是在开玩笑的人。要是她真的接纳了我真正的坦率，疏忽人际关系的我就尴尬得再也没法露面了。

我不知道她到底是怎么想的。她开玩笑似的说："哇……好高兴。"然后对我张开双臂。她愉快的表情看起来很像是开玩笑。

"你最近是不是也开始喜欢某人的体温了？"

她嘻嘻哈哈地笑着说的话，一定是在开玩笑。因此，我也开玩笑般地认真回应她。

我站起来走近，开玩笑地第一次主动伸手搂住她，她也好像闹着玩似的"呀……"地叫了一声搂住我。要深究其中意义就太不解风情了。玩笑是没办法讲道理的。

我们就这样保持着同样的姿势。我觉得很神奇。

"啊，今天恭子同学没在这个时候进来呢。"

"她今天有社团活动。你把恭子当成什么了？"

"拆散我们的恶魔吧。"

我们俩一起笑起来。我适时放开她，她又一次用力搂住我的脊背，然后放开我。我抽身后退，两人像闹着玩一般满脸通红，我们都笑了。

"说到死啊……"

两人都平静下来后，她说。

"这种发语词还真是前所未闻。"

"最近我想开始写遗书了。"

"也太早了吧？你说还有时间，到头来是骗我的？"

"不是啦。我得反复推敲修改，让最后的成品像样啊。所以我开始写草稿了。"

"这样很好。写小说也是得花时间反复修改的。"

"是吧，我果然没错。你期待着我死后看我写好的遗书吧。"

"我很期待哦。"

"期待我早点儿死？太……过分了。我可以这么说啦，但你需要我，不希望我死呢……"

虽然她脸上堆笑，但我感情上已经濒临界限，就不再坦率地点头了。我回以冷淡的视线，但她毫无反省的意思，继续嘻嘻笑着。这搞不好是她病情的症状。

"对了，既然我让你担了不必要的心，等我出院就第一个跟你玩吧。"

"这种道歉态度还真是傲慢啊。"

"你讨厌吗？"

"不讨厌。"

"交情好的同学真的会这样呢。"

到底会怎样，我好像自己明白了，所以就没问。

"出院那天，我会先回家一趟，然后下午就自由了。"

"要做什么？"

"嗯……要做什么呢？我出院之前你还会来几次吧？慢慢想啰。"

我也同意了。她将这个计划命名为"约会的承诺"，在她出院之前的两周内，依照她的希望，我们决定去海边。此外，还要顺道去咖啡店，让她表演魔术给我看。

其实我在跟她约好出院后的计划时，很担心这会不会是什么伏笔，搞不好在她出院之前会发生什么重大事件。但并没有发生什么事，她出院的日子就快到了。我可能真的如她所说，小说看太多了也说不定。

延长两周的住院期间，学校辅导课也结束了，我们开始放暑假。我去医院看望了她四次。其中一次碰到了闺密同学。她哈哈大笑了两次，连病床都震动了。我要走时她闹了三次脾气。我搂住她的背四次。没有一次是习惯的。

我们讲了很多笑话，一起尽情欢笑。我喜欢我们像小学生般的日常生活。这到底是怎么回事，旁观着这一切的那个我感觉非常惊讶。

我要对俯瞰一切的我说，我喜欢和别人相处。跟某人在一起，完全没想过要自己独处——这是有生以来第一次。

这世界上最受人际关系感动的人一定是我。我的两个星期全部都集中在她的病房里。虽然只有四天，但那四天就是我两个星期的全部。

因为只有四天，所以她马上就要出院了。

她出院那天，我一大早就起床。我基本上都起得很早，不管是晴天还是雨天，有没有计划都一样。今天天气晴朗，我有计划。我打开窗子，仿佛看得见室内跟室外的空气相互交流。这是个非常舒爽的早晨。

我下楼洗脸，走到客厅时，父亲正要出门。我跟他说了"走好"，他高兴地拍了我的背，然后离开。他一年到头都精神饱满。这种父亲怎么会生出我这样的孩子，我一直都觉得很不可思议。

餐桌上已经准备好了我的早餐。我跟母亲说:"我开动了。"在桌边坐下之后再一次对着食物说:"我开动了。"然后开始喝味噌汤。我很喜欢母亲做的味噌汤。

我享用食物,母亲洗完碗盘,在我对面坐下,开始喝咖啡。

"哎,你啊。"

会这么叫我的现在只有母亲跟闺密同学了。

"什么?"

"你有女朋友了吧。"

"……什么?"

这个人,一大早在说什么啊。

"不是吗?那是你喜欢的女生吧。不管是哪种,下次带她回来吧。"

"哪种都不是,我不会带她回来的。"

"哦……我还以为是。"

我心想,她这么以为会有什么理由,但可能只是母亲的直觉也未可知。虽然完全错了。

"只是朋友啊。"

那也不对。

"不管怎样都好。第一次有能理解你的人出现,我很高兴。"

"……什么?"

"你以为我没发现你在说谎吗?不要小看你妈妈。"

我怀着感谢之心,目不转睛地望着正在嘲笑我的母亲。母亲跟我不一样,眼睛里闪耀着坚强的意志,她好像真的很高兴。真是,败给她了。我默许自己的嘴角挂上笑意。母亲一边喝咖啡,一边看电视。

我跟她约的时间是下午，上午我就看书打发时间。跟她借的《小王子》还在排队，我躺在床上看之前买的推理小说。

时间很快过去了，中午前我就换上简单的便服出门。我想去书店，所以比约好的时间早到了车站，走进附近的大书店。

我闲逛了一会儿，买了一本书，然后去约好碰面的咖啡店。那家店离车站不远，走一会儿就到了，今天不是假日，店里人比较少。我点了冰咖啡，在窗边的位子坐下。距离约好的时间还有一小时。

店里开着冷气，我体内却积蓄着热意。我喝下冰咖啡，品味着咖啡好像在体内逡巡的快感。要是真的这样我会先死的，但那只是我的想象而已。

我借助冷气和咖啡的力量止住了汗，肚子却咕咕叫了起来。过着健康的生活，到了中午肚子就会饿。我脑中瞬间掠过要找点儿东西吃的想法，但我已经跟她约好一起吃中饭了。现在安抚肚子的话，要是她再拉我去吃到饱，那我肯定会后悔的。她就会这样。

我想起曾经连续两天都跟她一起吃午饭，不禁笑了起来。那已经是一个多月以前的事了。

我乖乖地等她，把看到一半的文库本放在桌上。

我当然打算看，但不知怎么，我却望着窗外。我不知道为什么。要是一定要说理由，我只能说"不知怎么"。这完全不像我，简直像是她那样漫不经心。

形形色色的人在强烈的阳光下来来去去。穿着西装的男性看起来很热。为什么不把西装外套脱掉呢？穿着背心的年轻女性轻快地朝车站方向走去，应该是有什么开心的计划吧。看起来像是高中生的一男一女牵着手，他们是一对。推着娃娃车的妈妈……

163

我思索了一下，松了一口气。

在窗外行走的那些人，肯定一辈子都跟我扯不上关系。毫无疑问，完全是陌生人。

既然是陌生人，那我为什么想着他们的事呢？我以前不会这样的。

我一直以为自己不会对周围的人产生兴趣。不，不对，我是不要产生兴趣，我这种人。

我不由得径自笑起来。原来我改变了这么多啊，真是太有趣了。我忍不住笑出声。

今天应该会见到的她的面孔，浮现在我脑中。

我被改变了，毫无疑问地被改变了。

遇见她的那一天，我的性格、日常和生死观全都改变了。

对了，要是让她说的话，是我在之前的选择中，选了要让自己改变。

我选择拿起被留在沙发上的文库本。

我选择翻开文库本。

我选择跟她说话。

我选择教她图书委员的工作内容。

我选择接受她的邀约。我选择跟她一起吃饭。

我选择跟她并肩而行。我选择跟她一起旅行。

我选择去她想去的地方。我选择跟她睡在同一间房里。

我选择了真心话。我选择了大冒险。

我选择跟她睡在同一张床上。

我选择吃掉她剩下的早餐。我选择跟她一起看街头艺人表演。

我选择推荐她学魔术。

我选择买奥特曼的玩偶给她。

我选择回答旅行很开心。

我选择去她家。

我选择下将棋。我选择对她动粗。

我选择把她压倒。我选择伤害班长。

我选择被他揍。我选择跟她和好。

我选择去医院探望她。我选择了伴手礼。

我选择替她补习。我选择离开的时机。

我选择逃离闺密同学。我选择看她表演魔术。

我选择玩真心话大冒险。我选择了问题。

我选择不挣脱她的拥抱。我选择质问她。

我选择跟她一起笑。

我选择搂住她。

我做了许多次这种选择。

分明可以做其他的选择，但我却以自己的意志选择了现在在这里。跟以前不一样的我，现在在这里。

原来如此，我现在才发觉。

没有任何人是什么草船，甚至我也不是。要不要随波逐流，都由我们自己选择。

毫无疑问，就是她教会我这一点的。她分明马上就要死了，却比任何人都积极向前，掌握自己的人生。她爱这个世界，爱所有人类，爱自己。

我再度想着。

我对你……

口袋里的手机振动起来。

我现在回到家了……！可能稍微晚一点儿，对不起。【汗】我想打扮得可爱一点儿给你看！【笑】

我看了短信，稍微想了一下，回道：

恭喜出院。我正在想你呢。

她立刻回了我玩笑般的短信。

真难得你会说这种让我开心的话！怎么了，你生病了吗？【眨眼】

我随即回复。

跟你不一样，我健康得很。

好过分！你伤了我的心啦！罚你夸奖我！

我想不出哪里伤了你的心，是我有问题还是你有问题啊。

你真的好过分！好啦，快点儿。

我把手机放在桌上，双手抱胸，开始思考如何称赞她。她值得称赞的地方实在太多了。手机的内存一定装不下。

我跟她相遇，真的学到了很多。她教了我在此之前我从来都不知道的事。

这样传短信聊天也是她教我的。我第一次知道了跟别人对话的乐趣，所以选择了会让她回我有趣信息的话。

话说回来，她了不起的地方是个性的魅力，跟她还能活多久完全没有关系。她一定一直是这样的人。当然思想会慢慢成形，词汇会渐渐丰富，但基础一定和她一年后就要死了没有关系。

她这个人本身就很厉害。我觉得这点真的很了不起。

我老实说吧，每次从她那里学到什么，我都觉得她很了不起。跟我完全相反的人。懦弱的我一直只会把自己封闭起来，而她却总能坦然说出我无法说的话，做我无法做到的事。

我拿起手机。

你真的很厉害。

我一直这么觉得，但却一直无法以明确的言辞表达。

虽然如此，那时我就明白了。

她使我明白了生存的意义的那个时候。

我的心，被她填满了。

我对你……

"我其实，想成为你。"

成为能认可别人的人，成为能被别人认可的人。成为能爱别人的人，成为能被别人爱的人。

用言辞表达出来跟我的心意完全吻合，我知道自己渐渐沉浸其中。我的嘴角自然上扬。

我要怎样成为你呢?

我要怎样才能成为你呢?

我要怎样?

我突然发现确实有这种意义的惯用语。

我要以你为榜样。

我输入这几个字,然后立刻删除。我觉得这不够有趣。要让她高兴,应该有更适当的言辞才对。

我又仔细想了一下,在记忆的一角——不,或许是中央也未可知——浮现了一句话。

我找到了这句话,非常高兴。甚至觉得非常得意。

送给她的言辞没有比这句话更好的了。

我全心全意传了短信给她。

我说……

  我想吃掉你的胰脏。

我把手机放回桌上,满心欢喜地期待她的回信。几个月前的我,绝对不会相信自己会期待某人的回应。几个月前的我选择成为现在的我,所以我不会让他抱怨。

我一直在等她的回信。

一直。

但是她的回信一直没来。

时间不断流逝,我肚子越来越饿。

过了约好的时间,现在我开始期待她来了之后的反应。

但是她一直没来。

过了三十分钟,我并没特别介意,继续等待。

一小时过去了,两小时过去了,我坐立不安,开始担心了。

过了三小时,我第一次试着打电话给她。她没有接。

过了四小时,外面天色已近黄昏。我离开咖啡店。我知道出事了,但不知道出了什么事。我怀着漠然的不安。我不知如何消除这种不安,只发了短信给她,无计可施,只好回家。

回家之后,我心想,或许她被父母强行带到什么地方了。不这么想我无法抹消心中纠结的恐惧。

我始终坐立难安。我想,那个时候全世界的时间都停止的话就好了。

我有这种想法,是在满腹不安地面对晚餐,看着电视的时候。

那个时候,我才知道她为什么没有出现。

她说了谎。

我也说了谎。

她说她要死时会告诉我,她没有遵守约定。

我说我一定会把跟她借的东西还给她,我没有遵守约定。

我再也没办法见到她了。

我看了新闻。

我的同班同学山内樱良,被附近居民发现倒在住宅区的小巷里。

她被人发现后紧急送医,但抢救无效,她停止了呼吸。

新闻主播无动于衷地陈述着事实。

我拿在手里装样子的筷子掉在地上。

她被发现的时候,胸口上深深插着一把市售的尖菜刀。

她遇上了之前惊动社会的随机杀人魔。

不知道姓甚名谁的犯人,立刻就被捕了。

她死了。

我太天真了。

到了这个地步,我还这么天真。

我天真地以为她还有一年的时间。

说不定连她也这么以为。

至少我误解了没有人能保证会有明天的事实。

我理所当然地认定时间不多的她一定会有明天。

这是多么愚蠢的理论。

我相信这个世界至少会纵容时间不多的她。

当然没有这种事。根本没有。

世界是一视同仁的。

世界平等地攻击像我这样健康的人,跟罹患重病、即将死亡的她。

我们错了。我们太傻了。

但是有谁能揶揄犯错的我们呢?

在最后一集结束的戏剧,不到最后一集是不会结束的。

决定腰斩的漫画,在腰斩之前不会结束。

预告了最终章的电影,在最终章上映前不会结束。

大家一定都是这么相信的。大家一定都是这样认知的。

我也这么以为。

我相信小说没看到最后一页,是不会结束的。

她会笑我吧，说我小说看太多了。

被笑也没关系。

我想看到最后一页。我打算看到最后一页的。

她的故事最后几页成了白纸，就这样结束了。

没有铺陈，没有伏笔，谜题也没解开。

我已经什么都无法得知了。

她计划的绳子恶作剧到底结果如何。

她练习了怎样厉害的魔术。

她到底是怎么看我的。

全部无法得知了。

……我是这么以为的。

她死了以后，我就放弃了。

但后来我发现那不是真的。

葬礼结束，她已经化成白骨，我还是没去她家。

我每天窝在家里，看书度日。

结果我花了将近十天的时间，才找到去她家的勇气跟理由。

暑假结束之前，我想起来了。

她的故事最后那几页，说不定只有一个办法可以读到。

那也可以说是我和她的开始。

《共病文库》，我非读不可。

8

天空下着雨。暑假马上就要结束了,这样一来,没人想写还没做完的暑假作业了吧。

一起床,我脑海中就浮现一个念头。这是已经没有她的这个世界的,第十天的早晨。

顺便一提,我是那种会早早把暑假作业写完的人,到目前为止,从来没有在暑假结束前手忙脚乱赶作业的经验。

我下楼梳洗,准备去上班的父亲走到洗脸台前检查仪容。我跟父亲问好,正要走出去,他拍了我的背。我不知道这是什么意思,但思考太麻烦了。

母亲在厨房,我跟她打招呼,然后坐在餐桌前。惯常的早餐已经准备好了。我双手合十,然后开始喝味噌汤。母亲的味噌汤总是这么好喝。

我吃着早餐,母亲端着一杯香气四溢的咖啡走了过来。我转头望去,她正看着我。

"你啊,今天要出门吧。"

"嗯,中午过后。"

"来,这个给你。"

母亲若无其事地递给我一个白色信封。我接过来看里面是什么。里面有一张一万日元的纸钞。我惊讶地望着母亲。

"这个……"

"好好去告别吧。"

母亲只说了这句话,就转头看电视,因艺人无聊的一句话发笑。我默默地吃完早餐,拿着白色信封回自己房间。母亲什么也没有说。

中午之前我都在自己房间里,然后换上制服准备出门。我不知从哪里听说穿制服比穿便服要好,这样不会让她家里人觉得奇怪。

我到楼下洗脸台整理睡乱的头发,母亲已经去上班了。

我回自己的房间把必要的东西放进包包里。母亲给的钱、手机、《小王子》。我跟她借的钱还是还不出来。

我走出玄关,外面下着大雨。落地的雨点溅起来,制服的纽扣上立刻出现好些水滴。不撑伞不行,所以我没骑自行车,步行去她家。

工作日的中午,大粒的雨滴纷纷落下,路上没有什么行人。我静静地朝学校的方向走去。

我在学校附近的便利商店买了奠仪用的纸袋。幸好店里有用餐的桌位,我在那里把钱装进袋子里。

经过学校又走了一会儿,来到住宅区。

啊,这样啊。

住宅区的一角。我突然冒出一个很失礼的念头。

她就是在这附近被杀的。今天也几乎没有行人。那天应该也是一样吧。她被刺杀了。并不是被她得罪的人,也不是同情她命运的人,而是不知长相跟名字、完全陌生的人。

不可思议的是,我并没有罪恶感——"要是那天没跟我约好见面,她就不会死了"之类的念头;我明白后悔也没有意义,而且问题根本不在这里。

会有人觉得我这么冷静很无情无义吧。谁会觉得?

我很悲伤。

虽然很悲伤,但是我并没有崩溃。失去她当然悲伤,但比我更悲伤的一定大有人在。待会儿要见到的她的家人、闺密同学,还有班长可能也是这样。这么一想,我就无论如何也没办法坦诚地接受悲伤。

而且就算大哭大叫,她也不会回来了。这个理所当然的结论,紧紧维系着我的精神不至于涣散。

我在雨中前进,经过我挨打的地方。

我要去她家,却不怎么紧张。我只想到,要是没人在家怎么办。

我第二次站在她家门口,毫不犹疑地按了门铃。过了一会儿有人回应。太好了。

"……请问是哪位?"

一个含混不清的女性声音。

我报了姓名,说是山内樱良的同班同学。女性说了"啊……",接着沉默了一会儿后,终于说:"请等一下。"挂断了对讲机。

我在雨中等待,一位消瘦的女性走出来,看来是她母亲。虽然脸色很糟,但跟她很像。我打了招呼,她露出非常勉强的笑容,请我进门。我收起伞,走进玄关。

大门关上，我低头道歉。

"抱歉，我这样冒昧来访。守灵跟葬礼我都有事不能来，所以想至少应该来给她上个香。"

她母亲听了我真假参半的话，又露出勉强的笑容。

"没问题，现在只有我在家。樱良一定也很高兴。"

高兴的她现在在哪里呢？我心里这么想，但当然没说出口。

我脱了鞋子，走进屋内，不知是不是心理作用，她家比我上次来时更宽敞而冷清。

我进入上次来时没去过的客厅。

"那就先上香吧。"

我点点头。她母亲带我走到客厅旁边的榻榻米间。眼前的景象，让我的身心一瞬间感到动摇。我以摇摇晃晃的不自然的脚步，走到摆着各种东西的木头架子前面。

她母亲跪下，从架子下方拿出火柴，点燃放在香炉台上的蜡烛。

"小樱，你朋友来了哦。"

她母亲低声对着架子上的遗照说。声音没有传到任何地方，只变成一层空虚的薄膜，附在我耳朵上。

我在她母亲的敦促下，跪坐在架子前的坐垫上。

不论我是否情愿，都面对着她。

照片中的她跟生前一模一样，有着一张像是现在也会发出笑声的笑脸。

不行……

我把视线从照片上移开，敲了一下不知道叫作什么名字的器具，双手合十。

这是怎么了？我根本没办法想该祈祷什么。

她母亲跪坐在我旁边，上香结束后，我转向她。我离开坐垫。她母亲疲倦地对我微笑。

"我跟小樱同学借了东西。可以还给您吗？"

"那孩子的？……嗯，是什么呢？"

我从包包里拿出《小王子》，递给她母亲。伯母好像心里有数，接过之后在胸前搂了一下，然后像祭品一样放在她遗照旁边。

"……谢谢你跟樱良做朋友。真的谢谢你。"

伯母恭谨地低下头，我很困惑。

"哪里，我才是。小樱同学生前非常关照我。她一直都非常开朗，和她在一起连我都跟着开心起来。"

"……是啊，她一直都非常开朗。"

伯母欲言又止。我想起来她患了胰脏病的事，除了家人应该没人知道。

我本来想隐瞒自己知情，但隐瞒的话就没办法达成原来的目的了。

老实说，我的良心怀疑事到如今跟她的家人说这种话到底合不合适，但我立刻把那个自己踢飞了。

"那个……我有话要说。"

"嗯，什么？"

伯母的表情温柔又哀伤。我再度打倒良心。

"其实……我知道她生病的事。"

"欸……？"

伯母跟我意料中一样非常惊讶。

"是她跟我说的。所以，这真是意想不到的悲剧。"

伯母惊讶地用手掩住嘴。果然她的家人以为她没有跟任何人说生病的事。我就知道是这样。因为她多次让我在病房碰到闺密同学，却绝不让我见到她的家人。虽然要是见到的话，困扰的人是我。

"其实我偶然在医院碰到她，是那个时候她跟我说的。但我不知道她为什么告诉我。"

伯母没有说话，我趁着她沉默时继续说下去。

"除了我，她对其他同学都保密。所以我突然跟您这么说，您一定很惊讶。我很抱歉。"

我直捣这次来访的核心。

"我今天来访，其实除上香以外，还有一个请求。我想请您让我看她生病以后写的像日记一样的笔记。"

"……"

《共病文库》。

这四个字成了导火线。

伯母，山内樱良的母亲，掩着嘴开始流泪。静静地，静静地，像是要抑制声音一般，伯母哭了。

我不明白伯母眼泪的含义。伯母一定很哀伤，但我不明白我知道她生病的事实是不是让伯母更哀伤。因此，我不知该如何安慰，只能默默地等待。

眼泪终于渐渐停止的时候，伯母凝视着我的眼睛，开始慢慢告诉我流泪的理由。

"原来，是你啊……"

这是什么意思啊。

"太好了，太好了……你来了……真的太好了。"

我越来越迷糊了。我只呆呆地望着她流泪。

"你等一下……"

伯母站起来,走到榻榻米间外面。我一个人留在原处,思考伯母的泪水和言辞的意义,但什么也想不出来。

在我能想出结论之前,伯母就回来了。手里拿着我见过的文库本。

"就是这个吧……"

伯母流着眼泪,把文库本轻轻放在榻榻米上推向我。这确实是她片刻不离身的笔记本。里面的内容她一直保密,只有一次例外。

"对,《共病文库》。我听说这是她生病以后开始写的日记般的文章。她活着的时候我没有看过内容,但她告诉我死了以后要公开给大家看。她跟您提过这件事吗?"

伯母不断点头。泪水随着她的动作滴在浅色的裙子和榻榻米上。

我正式低下头请求。

"能让我,看看吗?"

"嗯……当然,当然可以……"

"……谢谢您。"

"这是小樱留给你的。"

我伸向文库本的手停住了。我无意识地停下动作,望向伯母。

"……欸?"

伯母眼中的泪意更浓了。她说:

"小樱……跟我说了……这本日记……在她死了以后,要给某个人……唯一……知道她生病的人……她说有个人……知道这本《共病文库》……"

泪光消融在空气中。我只能默默地倾听。满面笑容的她仿佛在旁边看着我们。

"她说那个人……那个人……很胆小……可能不会来参加葬礼，但他一定会来拿这本册子……在他来之前……除了家人，不要让任何人看……她说的话，我记得非常清楚……本来应该没这么快的……"

伯母终于抑制不住激动的情绪，双手掩面痛哭出声。我只愣在一旁。这跟我听到的不一样。她说，要留给我？

我跟她一起的记忆在脑中闪过。

伯母的声音从泪水的间隙流泻出来。

"谢谢你……真的谢谢你……多亏了你……那孩子……那孩子……对你……"

我忍耐不住，伸手拿起放在面前的文库本。没有人阻止我。

一开始的几页，从她中学时的独白开始。

20××年11月29日

我虽然不想写灰暗的内容，但还是得先把这些写下来。得知生病的时候，我脑海中一片空白，不知该怎么办才好。我害怕得拼命哭泣，发脾气迁怒家人，做了各种各样的事。首先，我想为此跟家人道歉，对不起。也谢谢你们在我平静下来之前，一直守护着我。……

20××年12月4日

最近好冷。知道生病以后，我想了很多。其中之一就是，我决定不要怨恨自己的命运。所以我把这份记录命名为"共病文库"，而不是"抗病"。……

她每隔几天就记录下日常生活中发生的事。这样持续了几年。话虽如此，这段时间的记录都很短，跟我想知道的事情多半没有什么关联，我便快速看过去。当然也有我有兴趣的段落。

20××年10月12日

我交了新的男朋友。感觉好神奇。要是跟他长久交往下去，可能不得不告诉他我生病的事吧。真讨厌。

20××年1月3日

分手了。正月的头三天就分手，是不是坏兆头啊。幸好有恭子安慰我。

20××年1月20日

总有一天得跟恭子说我生病的事。但是到最后的最后再说就好。因为我想跟恭子一起开心地玩到最后。要是恭子看到这段，我很抱歉没告诉你。我没说我要死了，真对不起。

中学毕业后，她上了高中，跟闺密同学一起竭尽全力歌颂青春。一年过去了，她升上二年级。虽然感觉死亡渐渐逼近，她却仍积极开朗地过日子。她的一言一语都深深打动了我的心。

20××年6月15日

　　我是不是渐渐像高中生了呢？迟疑了好久要不要加入社团活动，结果还是没加入。虽然考虑过几个文化类型的社团，但为了多珍惜跟家人和朋友在一起的时间，还是决定不参加。恭子仍旧每天汗流浃背地练排球。恭子加油！

20××年3月12日

　　常有人说，看见樱花凋谢很惆怅，但我看见樱花盛开也很惆怅。因为我会计算还能看几次樱花。但其实也有好事。我眼中的樱花，一定比同年龄的任何人看到的都漂亮吧。……

20××年4月5日

　　我上二年级了！跟恭子同班！太好了！同班的还有阳菜跟莉香，男生的话有孝宏。运气真好。可以说是胰脏的运气全到这里来了吧。这么说来……

于是在青春中，有一天，她跟我相遇了。
我们虽然很久以前就知道彼此的存在，但相遇是在那一天。

20××年4月22日

　　今天我第一次跟家人以外的人说了我生病的事。对方是同班的●●同学。他偶然在医院捡到了这本《共病文库》，看到了内容，所以我就想算啦！于是就说出来了。可能是我想跟人诉说。然后就是，●●同学好像没什么朋友，应该会记住我的事。其实在此之前我就注意到●●同学了。一年级的时候我们也同班，不知道他记不记得？他总是在看书，简直像是一直跟自己战斗一样。今天跟他说了话，真的非常有趣，我立刻喜欢上他了。真是单纯。我觉得●●同学跟其他人有点儿不一样。我想进一步了解他。反正我的秘密都被他知道了。

我的名字被圆珠笔涂成圆圆的黑点。可能是因为我说了想匿名，所以她才涂黑的吧。

从此处起，她的时间轴就开始跟我重叠了。大概每三天就有一篇记录，几乎都是些无关紧要的事。

20××年4月23日

我当上了图书委员。写在这里也是白写，但原来委员的人数是没限制的，这种规定算什么啊！我跟●●同学打了招呼，他露出为难的表情，但还是跟我解释了工作的内容。我想跟他多聊聊别的。

20××年6月7日

小考一百分！不愧是我！"不愧是我"听起来是不是像某种花的名字？最近觉得心情轻松了些。偶……尔开一下"我要死了"的玩笑，●●同学就皱起脸回我很有趣的话。我慢慢开始了解他的为人了。他果然是在跟自己作战。

20××年6月30日

　　好热。我并不讨厌热。流汗让我有活着的感觉。体育课上，打了篮球。对了，●●同学说不希望自己的名字出现在《共病文库》里。我虽然学他的样子说出讨人厌的话，但我跟他不一样，其实是坦率的人，所以偶尔也接受他的主张。从这里开始，就不写他的名字了。

果然如此。我继续往下看，从这天起，我的名字真的就没再出现。我又明白了一件事。正因如此，伯母并不知道是谁知道她生病的事。想到她家人的心理负担，我可能说了多余的话。我继续看下去，这种感觉越来越强。

20××年7月8日

　　今天有人建议我把时间花在想做的事情上。我想了一下要做什么，就说想跟给我建议的人一起出去玩，还要吃烤肉，就约了星期日一起去。

20××年7月11日

　　烤肉好好吃！今天真开心。不能详细写下来真是可惜。要说的话只有一件事，那就是在我死前一定要让他知道内脏有多美味。然后……

20××年7月12日

　　今天临时决定去吃了好多甜点。是早上去上学的时候突然想到的，接下来计划了半天要怎样实行。因为一直在想这个，所以考试可能没考好。

我的名字不再出现后，她就不再记录对我的看法。真是太失败了。到了这段时间，她每天都有记录。

20××年7月13日

今天开始，我只要想到想做的事，就在这里写下来。

想去旅行（跟男生一起）。

想吃好吃的内脏。

想吃好吃的拉面。

我的好主意真不少。

20××年7月15日

跟不是男朋友的男生做不该做的事（笑）。

旅行的事等回来再写。

20××年7月20日

考试的结果比想象中好！旅行好愉快，恭子也原谅我了，我的暑假开始得挺不错的。虽然如此，但学校还是有辅导。可恶。

20××年7月21日

今天是非常糟糕，也非常美好的一天。我一个人稍微哭了一下。今天一直在哭。

是那天的事吧。我们吵架的那天。

想到她一个人哭泣,我意外地觉得肺部边缘隐隐作痛。

20××年7月22日

　　在医院里。我得住院两星期。说是有什么数值不对劲儿。我有一点儿,不对,还是不要在这里说谎。我很不安。但是在周围的人面前我都逞强。我不是说谎哦。只是逞强。

20××年7月24日

　　我跳着舞,想驱散心中的不安,结果被人看到了,超级不好意思。加上人家来看我让我松了一口气,眼泪都要流出来了。我拼命忍住。在那之后度过了愉快的时光。心情轻松了。

20××年7月27日

　　虽然发生了有趣的事,但碍于规则不能记下来。那就写魔术吧……

20××年7月28日

　　寿命缩短了一半。

我默默地阅读她写的字,说不出话来。

20××年7月31日

我说了谎。这不是第一次真的说谎。有人问我发生了什么事，害我又想哭，差一点儿就说出来了。但是我觉得不行，所以还是没说。我不想放弃他带来的日常。我太软弱了。总有一天会说实话吧。

20××年8月3日

又被关心了。我又说谎了。露出那种松了一口气的表情，叫我怎么说出口呢？但是我很高兴，简直到了觉得活着竟然能这么高兴的地步。我一直不知道我如此被人需要，真的太高兴、太高兴了。自己一个人的时候，我哭了很久。我写下这些，也是因为希望我死后他能知道我真正的心意，我果然很软弱。但我想应该瞒过去了。没想到我还蛮擅长扑克脸的。

20××年8月4日

我最近好像太软弱了！不要再写灰暗的事情了！我忘了很久以前的决定！这几天的日记说不定过后会删掉。

20××年8月7日

其实从住院的时候开始，我就尽量设法让某两个人碰面。我希望他们能成为朋友，看起来好像很难（笑），我希望在我死之前他们能成为好朋友。最近在练习大魔术！好期待表演啊。……

20××年8月10日

决定了出院之后要做什么。要去海边。我觉得一开始这样就差不多啦。最近我们要是不放慢脚步,好像就会一发不可收拾(笑),虽然那样也不错,但还是慢慢来吧。魔术,好难啊……

20××年8月13日

到这里来之后,第一次吃到今年夏天的西瓜。比起哈密瓜,我还是喜欢西瓜。小时候的喜好几乎不会变呢。虽然这么说,我以前并不喜欢内脏。嘎吱嘎吱嚼着瘤胃的小朋友最讨厌了(笑)。我跟妈妈解释了这本笔记的规则。再写一次。这本册子在某人来拿之前,绝对不能给家人以外的人看,也不可以问恭子或其他人,某人是谁。……

20××年8月18日

明天就出院了,啊啊啊啊啊啊啊啊啊啊!
好好享受剩下的时光……!
耶耶耶耶耶耶耶耶耶耶耶耶!

她的日记就在这里中断了。
怎么会这样。
我的不安果然是正确的。
她分明有事,却一直隐瞒。
我又觉得内脏里有什么东西涌了上来。要镇定,我安抚自己。现在已经无计可施了,事到如今已经没有办法了。我极力找借口稳住自己。

187

我一边深呼吸，一边思考现在该想的事。

我想知道的事情并没有在《共病文库》中找到。她到底对我有什么看法，笔记本里并没有明确的答案。我知道她很看重我，但这我早就已经知道了。我想知道她是怎么称呼我的。

我甚为气馁。

我闭上眼睛，让呼吸恢复正常。无意中仿佛成了默祷。

我合上笔记本，伯母在我面前纹丝不动地等待。我静静地把本子放在榻榻米上推向她。

"谢谢您……"

"还有。"

"欸？"

伯母没有拿回《共病文库》。跟她一模一样的眼睛，通红地凝视着我。

"小樱希望你看的部分，一定还在后面。"

我依言慌忙翻过一页页的白纸。

记录出现在文库本的最后。

她充满活力，个性跃然纸上的文字。

我以为自己停止了呼吸。

遗书（草稿）（会改写很多次）

诸位钧鉴：

有任何人看到这篇文章的话，就表示我已经不在这个世界上了吧。（这会不会太普通了？）

首先，我要为对几乎所有人隐瞒了我生病的事实道歉。真的很对不起。

虽然这很任性，但我想跟大家一起过着正常的生活，好好玩耍，好好欢笑。所以我就默默地死了。

或许有人有话想跟我说也不一定。要是这样的话，就请对我以外的人把想说的话都说了吧。要不然那些人也可能跟我一样，不知道什么时候就死了。对我已经来不及了，对其他人还来得及，请把想说的话都说了吧。

学校的各位同学（要不要个别分开写呢？），跟大家一起上学真的很开心。我真的很喜欢文化祭和体育祭，但我最喜欢的还是跟大家一起过着日常生活。大家以后都会去各种地方，做各种事情，真是非常期待，可惜的是我看不到了。请多多创造回忆，到天国跟我分享吧。所以各位不能做坏事哦（笑）。喜欢我的人，讨厌我的人，谢谢你们。

爸爸，妈妈，哥哥（这就算分开了吧？），真的非常感谢你们。我爱我的家人。我真的好爱好爱爸爸、妈妈和哥哥。我还小的时候，我们四人常常一起去旅行呢。我现在都记得很清楚。我从小就非常活泼外向，给大家惹了不少麻烦，现在我是不是成为让父母骄傲的女儿了呢？我在天国也想当爸爸妈妈的女儿。就算转世重生，我也想当你们的女儿。所以请你们好好相处，转生以后，再两个人一起抚养我吧。我要和哥哥再一起当山内家的人。嗯……我想写的太多了，没法好好整理起来。

（重要的人果然还是要个别写。家人的部分会重写。）

恭子。

首先我要说，我最喜欢你了。

我最喜欢恭子了。一点儿没错，最喜欢了。所以真的对不起。

一直拖到最后才跟你说，对不起。（关于这点我还得好好想想才行。）

我没法说请原谅我。

但是请相信我，我最喜欢你了。

因为我喜欢你，所以说不出口。

我喜欢跟恭子在一起。一起欢笑，一起生气，一起说蠢话，一起哭泣。我曾经非常喜欢。

对不起，我错了。

现在也非常喜欢。

一直都是现在进行时的喜欢。去了天国，转世重生，都会一直喜欢。

我没有勇气破坏跟最喜欢的恭子在一起的最喜欢的时间。

对其他的朋友不好意思，但恭子一直是我最要好的朋友。我是不是爱上恭子了呢？好，那下次转生的时候，恭子要变成男生哦（笑）。

要幸福哦，恭子。

不管发生什么事，恭子都没问题的。因为我最喜欢的恭子绝对不会输。

找个好丈夫，生下可爱的小宝宝，建立一个比谁都幸福的家庭。

老实说,我真想亲眼看见。恭子的家○(←写正式版本的时候我不会哭的)。

我会在天国守护恭子的。

对了,我只有一个请求。我希望你能把这当成我最后的请求来接受,我会很高兴的。

我的请求是,我希望你跟某人变成好朋友。

对,每次都被恭子瞪的那个人(笑)。

他是个好人,真的。只不过有时候会欺负我(笑)。

但是,他啊,

(总之,关于他的说明之后再写吧,笑。)

(要跟恭子说的话得再好好写。)

最后,我有话要跟你说。

我不会写名字的(笑)。

你,就是你哦。是你说不要出现具体名字的。

哟,你好吗?(笑)

最近,我想说的话变多了(二年级的夏天)。

但要先说正事。

这本《共病文库》,由你任意处置。

我会跟家人这么说的。你若来拿的话就给你。

任意处置的意思就是,你拿到的这本笔记随便怎么样都无所谓。

可以撕掉,可以藏起来,可以给别人。

换句话说，我虽然写了留言给许多人，但要不要给他们看都在你。

现在你在阅读的时候，这本《共病文库》就是你的了。要是不想要的话，就丢掉吧（怒）。

你给了我各种各样的东西，这是我微薄的回礼。

上次的西瓜好好吃（笑）。（不知怎么，变成现在的叙述了。重写就好了吧。）

嗯，我把现在想说的话写下来。我觉得这是我真正的心意。要是我的心意改变了，那就重写。要是我觉得讨厌的话，就不写了（笑）。那时就让恭子杀了你吧（笑）。

从在医院遇到你，也才过了四个月。真是不可思议。我觉得好像跟你在一起已经好久好久了。一定是我从你身上学到太多东西，过得非常充实的缘故。

我在日记里也写了，其实我早就注意到你了。你知道为什么吗？就是你常常说的原因。

因为我也这么觉得。

你跟我是完全相反的人。

我也这么觉得。

我虽然这么想，虽然很在意你，却没有机会和你交朋友，然后我们就偶然碰面了，不是吗？我想那就只好交朋友啦……结果我们成了好朋友，真是太好了。

最近是不是交情有点儿太好了啊……我好像听到有人这么

说（笑）。

那个，恋人游戏？这是我随便取的名字，但真的让我心跳加速欸。现在还只是抱抱而已。这样下去，我们会不会开玩笑似的亲亲啊，好紧张哦（笑）。

嗯……那样也不错啦。你觉得这是震撼宣言吗？但是真的那样也好，就算不能当恋人，那样也好。

我虽然有点儿烦恼，但是当你不知道什么时候看到这里时，我已经死了（笑），所以我就坦白了吧。

坦白说，我有好几次，真的有好几次，觉得自己爱上你了。比方说，你告诉我你初恋的对象时，我胸口都揪起来了呢。在饭店喝酒的时候也一样。我第一次主动抱你的时候也是。

但是呢，我没有跟你成为恋人的意思，之后也一样。我是这么想的，大概吧（笑）。

说不定我们成为恋人也能顺利，但我们已经没有时间确定了，不是吗？

而且，我不想用那么平庸的名词定义我们的关系。

像是恋爱、友情之类的。我们不是那样。要是你爱上我的话会怎么样呢？我有点儿想知道。但我不想，也不知道怎么问。

啊，上次我在医院提议玩真心话大冒险的时候，想问的问题跟这有关，那就告诉你好了。因为我不知道答案，所以不算违反规则。

我想问的是：你为什么不叫我的名字？

我记得很清楚哦。我在新干线上睡着的时候，你用橡皮筋弹我把我叫起来。分明把我叫醒就好了啊，但是你没叫我的名字。

在那之后，我就一直很介意。你真的一次都没叫过我的名字，总是叫"你"。你。你。你。

那时我迟疑要不要问你。你可能是讨厌我，所以不叫我的名字。我是这么想的。而且我不觉得这无关紧要。我其实没什么自信。我跟你不一样，不倚靠周围的人，就没办法维持自我。

所以我只能玩真心话大冒险才能问你问题。但最近开始觉得，其实不是这样的。

下面是我擅自想象的，要是错了还请原谅。

你是不是害怕我在你心中成为什么人？

你说过别人叫你的名字时，你喜欢想象周围的人是怎么看你的。你会想象，但是到底对不对根本无关紧要。

以下是我从对自己有利的方向来解释：我觉得你并不是对我完全无动于衷吧。

所以我也跟你一样，不敢去想象。

你害怕叫我的名字，不敢赋予意义。

你知道总有一天会失去我，所以不敢把我当成"朋友"或"恋人"。

是不是这样？如果被我说中了，那就在我坟前供一杯梅酒吧（笑）。

不用害怕啊。不管发生什么事，人和人之间一定可以和睦相处的，就像你和我一样。

啊，我写了半天都说你在害怕，好像是指责你很怯懦，但其实不是的。

我觉得你是很厉害的人。

跟我完全相反的、厉害的人。

顺便的顺便,我回答一下你之前的问题好了。

我是怎么看你的。并不特别想知道?(笑)那就跳过不要看吧。

我呢,其实很憧憬你。

我从不久之前就开始一直想着一件事。

要是我像你的话,就不会麻烦别人,也不会让你和家人跟我一起悲伤,可以拥有自己的魅力,只为自己负起责任活下去吧。

当然,我现在的人生非常幸福。但是,我很憧憬就算周围没有人,也能一个人生活下去的你。

我的人生,前提是周围永远都有人在。

那个时候我才发觉,要是周围没有人在的话,我的魅力就不成立。

我不觉得那是坏事。因为大家都是这样,不是吗?每个人都是以跟别人的关系来塑造自己的。我们班上的同学要是不跟朋友或者恋人在一起,就不知道自己是谁了。

跟某人比较,跟自己比较,才第一次发现自己。

那就是:对我而言生存的意义。

但是你,只有你,一直都只有自己。

你不是靠跟别人的关系,而是凭着自省创造出自己的魅力。

我也想拥有自己的魅力。

所以那天你走了之后,我哭了。

就是你真的担心我的那天。你说希望我活着的那天。

不需要朋友或是恋人的你,做出了选择。

选的不是别人，而是我。

我第一次知道，有人需要我这个人本身。

我第一次觉得，自己是独立的存在。

谢谢你。

这十七年来，我可能都在等你需要我。

就像樱花等待春天一样。

就是因为知道这一点，从不看书的我才选择写《共病文库》做记录也说不定。

我是因为自己的选择，才遇见你的。

真的……你能让别人这么幸福，真是太厉害了……要是大家都了解你的魅力就好了。

因为我早就发现你的魅力啦。

在我死前，想以你为榜样。

写下来之后我发现了。

这种平凡的言辞是不行的。用这种普通的句子表达我和你的关系，实在太可惜了。

我果然还是。

想吃掉你的胰脏。

（你的部分写得最长，恭子好像会生气，所以要再修正。）

第一次草稿

"……"

看完之后我明白了。我重返现实,发现这个世界上已经没有她了。

啊,崩溃了。我崩溃了。

我明白。我知道已经无法阻止了。

但在那之前,我得先问一个问题。

"她的……小樱同学的手机。"

"手机……?"

她母亲站起来,很快就拿着一部手机回来。

"那个孩子……不在了之后,我不知道手机该怎么处理。最近一直把电源关着。"

"麻烦您……请让我看一下。"

她母亲默默地把手机递给我。

我打开折叠式的手机,启动电源。等了一会儿,点开短信程序,打开收件箱。

我在许多未读信息中找到了。

我传送的,最后一句话。

我给她的,最后的信息。

短信,已读。

她……看到了……

我把手机跟《共病文库》放在榻榻米上,设法用颤抖的嘴唇,说出崩溃前最后的话。

"伯母……"

"……什么事?"

"对不起……我知道,不应该这样……但是……对不起……"

"……"

"……我可以,哭吗?"

她的母亲也流着泪,点了一次头,原谅了我。

我,崩溃了。不对,其实早就崩溃了。

我哭了,毫不羞愧地,像婴儿一样哭号。我把前额抵在榻榻米上,再仰头对着天花板,大声地哭号。这是第一次。大声地哭泣,在别人面前哭泣,都是第一次。因为我不想这么做。因为我不想把悲伤强加在别人身上。在此之前从来没有做过。但是,现在汹涌而上的各种感情,不允许自己了结。

我好高兴。

她看到了。我们心意相通。

她需要我。

我帮上了她的忙。

我好高兴。

同时也难受到无法想象的地步。

耳中一直听到,她的声音。

眼前不断浮现,她的面容。

她哭,她生气,她笑,她笑,她笑。

她的,感触。

气味。

那甜甜的,气味。

就像现在在这里一样,就像现在在这里一样,回想起来。

但是,已经不在了。她已经不在了。

不在任何地方。我一直凝视着的她,已经不在了。

她常常说我们方向不合。

那是自然。

我们并不望着同一个方向。

我们一直都望着对方。

从相反的方向，望着对面。

其实我们应该不知道，应该没发觉的。我们一直望着对方。我们应该都各自在不同的地方，在毫不相关的地方。

但是我们相遇了。因为她主动越过了鸿沟。

即便如此，我还一直以为只有自己，只有自己觉得需要她，想要成为她那样的人。

没想到，我这种人。

她竟然会对我这种人……

我才是。

我才是。现在，我确定了。

我才是为了认识她，来到这个世界的。

我做了选择。我做了生命中各种的选择，只是为了跟她相遇。

毫不怀疑。

因为我从来不知道自己能这么幸福，这么难过。

我活着。

多亏了她，这四个月我活着。

一定是第一次这样活着。

因为跟她心意相通。

谢谢你、谢谢你、谢谢你。

感激无以言喻，但感激的对象已经不在了。

不管怎么哭泣,都无法传递。

不管怎么叫喊,都无法传递。

想告诉她我有多么高兴,多么难受。

想告诉她跟她共度的时光,比任何时候都要愉快。

想告诉她我还想跟她在一起。

想告诉她我想一直跟她在一起。

虽然不可能,要是能告诉她就好了。

就算是自我满足,她能听到就好了。

我好后悔。

我已经什么都不能告诉她了。

我已经什么都不能为她做了。

而我从她那里获得了这么多。

我已经,什么都不能……

9

我一直哭,一直哭。

终于。

与我的意识无关,最后是生理机能让我停止了哭泣。她母亲还在我面前等待。

我抬起头,伯母把天蓝色的手帕递给我。我迟疑地接过,上气不接下气地拭泪。

"这个送给你,小樱的手帕。你收下她会很高兴的。"

"……谢谢……您。"

我真诚地道谢,用手帕擦拭眼睛,然后放进制服口袋里。

我在榻榻米上正坐。现在我也跟伯母一样,红着眼睛。

"对不起……我失态了……"

伯母立刻摇头。

"没关系的,小孩儿就是要哭。那个孩子也常常哭,以前就是个爱哭鬼。但是呢,遇见你那天,她在日记里写了,开始跟你相处之后,那个孩子就不哭了。当然不是完全不哭啦。所以我要谢谢你。因为有你,那个孩子度过了非常有意义的时光。"

我忍着又要流下来的眼泪,摇着头。

"是她给了我非常有意义的时光。"

"……本来想邀你跟我们全家一起吃饭什么的。关于你的事,那个孩子绝口不提呢。"

伯母悲伤的笑脸又让我动摇了。

我接受了动摇的自己,跟她母亲说了一些和她在一起的回忆。没提日记上没写的事,当然更不用说真心话大冒险,以及我们睡在同一张床上的事。她母亲一边听我说,一边点头。

说着说着,我觉得自己的心好像慢慢浮上来了。

虽然珍贵的喜悦跟悲伤仍在,但我觉得好像有些多余的东西慢慢消除了。

所以我想伯母是为我着想才听我说话的。

说到最后,我拜托伯母。

"我还可以再来上香吗?"

"嗯嗯,当然。到时一定也跟我先生和儿子见见面。对了,也跟恭子……但是你们好像处得不太好的样子。"

伯母咻咻笑起来,跟她一模一样。

"是,没错。发生了一些事情,她很讨厌我。"

"看哪一天,不必勉强啦,要是能的话,你跟恭子和我们全家一起吃饭吧。不只是想跟你们道谢,要是小樱重视的两个人能这样相处的话,阿姨会很高兴的。"

我们又说了几句话,我答应以后还会再来,然后站起身。伯母一定要我收下《共病文库》，我就带回家了。我母亲让我带来的一万日元奠仪伯母不肯收。

伯母送我到玄关。我穿上鞋子，再度道谢，伸手握住门把手的时候被叫住了。

"对了，你叫什么名字？"

伯母若无其事地问道。我转过身回答。

"春树。我叫志贺春树。"

"啊，是不是有小说家叫这个名字？"

我吃了一惊，然后感觉嘴角浮现笑意。

"是。就是不知道您说的是哪一位了。"

我再度道谢告别，离开山内家的玄关。

雨停了。

回到家，母亲已经回来了。她看着我的脸说："你很努力啦。"我在晚餐时见到父亲，他拍了我的背。果然不可以小看父母。

吃完晚饭，我躲在房间里，一边重读《共病文库》，一边思考。途中我又哭了三次，但我一直在思考。

我思考今后自己该怎么做。为了她，为了她的家人，为了自己，我能做什么呢？

我收下了《共病文库》，能做些什么呢？

左思右想之后，我在晚上九点下了决心，采取行动。

我从书桌抽屉里拿出一张资料，拿起手机。

我一边望着信息，一边输入原本以为一辈子都不会用到的电话号码。

那天晚上，我梦到跟她说话，又哭了。

中午过后，我到了对方指定的咖啡店。

我比约定的时间稍微早到，对方还没有来。我叫了冰咖啡，坐在窗边的位子上。

我毫无困难地找到了指定的咖啡店。应该是偶然吧，她死的那天跟我约好见面的地方就是这里。

不对，不是偶然吧。我一边喝冰咖啡，一边想，这一定是她们常来的地方。

我跟那天一样，望着窗外。跟那天一样，形形色色的人们从窗外走过。

跟那天不一样的是，约好见面的对象在约好的时间来了。太好了。我松了一口气。我一直以为会被放鸽子，虽然跟那天的创伤不一样。

恭子同学默默地在我对面坐下，用通红的眼睛狠狠地瞪着我。

"我来了……怎样？"

不可以胆怯。我极力克制震颤的心情，迎向她的视线，开口要说话，但是恭子同学阻止了我。

"你啊……没参加小樱的……葬礼。"

"……"

"……为什么？"

"那是……"

我迟疑着没有回答，店里突然出现一声巨响，时间一瞬间停止了。那是恭子同学用拳头打在桌子上的声音。

"……对不起……"

店里的时间再度开始流动，恭子同学垂下眼睑，小声地说道。我再度开口。

"谢谢你来。我们，正式说话，是第一次吧。"

"……"

"我有话要跟恭子同学说，才请你来的，但不知要从何说起。"

"简单说就好。"

"……说得也是。对不起。我有东西想给恭子同学看。"

"……"

当然，我要说的话跟她有关。我和恭子同学之间的连接点，只有她了。我昨日烦恼许久之后，决定和恭子同学好好谈谈。

来这里之前，我想过要怎么跟恭子同学说。该先解释我和她的关系，还是先说她生病的事。结果我决定先让恭子同学看真相。

我从包包里拿出《共病文库》放在桌上。

"……书？"

"这是《共病文库》。"

"……《共病文库》？"

我拿掉包在外面的书衣让她看。

恭子同学原本眼神涣散的眸子突然睁大了。我心想，不愧是闺密。我很羡慕。

"……这是……小樱的字。"

"对。"

我坚定地点头。

"这是她的书。我收下了她的遗言。"

"……什么遗言……"

接下来要说的话，让我心情非常沉重。但是我不能不说。

"这里面的记载都是真的。不是她的恶作剧，也不是我的恶作剧。这是她写的类似日记的记录，最后的几页，是给恭子同学和我的遗书。"

"……你在……说什么？"

"她生病了。"

"……胡说，我不知道。"

"她没有说。"

"……你为什么知道我不知道的事？"

我也这么想过。但是现在我知道理由了。

"除了我，她没有跟任何人说。她不幸碰上杀人魔被杀了，但要是没有碰上杀人魔，她本来会——"

我说到一半被打断了。我耳边响起一声高亢的脆响，左颊开始发痛。我没有经验，所以花了一点儿时间才明白这是被人打了巴掌的痛楚。

恭子同学用泫然欲泣的眼神哀求道：

"别说了……"

"……我要说。我非告诉恭子同学不可。她也写在本子里了。她说恭子同学是最重要的。所以我希望你听我说。她生病了。要是那时没碰上杀人魔，半年以后她也会死。这是真的。"

恭子同学无力地摇头。

我把《共病文库》递给恭子同学。

"看吧。她虽然喜欢恶作剧，但绝对不会开伤害你的玩笑。"

我就说到此为止。

她会不会连看也不看，我有些不安，但过了一会儿，恭子同学伸出手。

恭子同学迟疑地接过《共病文库》，翻开书页。

"真的是小樱的字。"

"真的是她写的。"

恭子同学皱着眉头，从第一页开始慢慢读起。我耐心等待。

她在去世前曾经跟我说过，恭子同学平常也是不看书的类型。因此，恭子同学要看完《共病文库》需要一点儿时间。当然，阅读所需的时间并不只取决于看书的速度。

恭子同学最初好像难以置信，一页反复看了好几遍，嘴里甚至还叨念着"骗人、骗人"。她可能在某处和她心意相通。然后她突然开始哭了起来，阅读的速度更慢了。

我完全不感到焦急。特别是恭子同学哭出来的时候，我知道她接受了事实，松了一口气。要是她不接受的话，我今天来此就没有意义了。除传达她的遗志以外，我还有另外一个目的。

我的咖啡续杯了两次。我想了想，也在恭子同学前面放了一杯柳橙汁。恭子同学默默地喝了一口。

与其说我在等待期间没想她的事，不如说是在想我能用从她那里得到的东西做什么。这对一直都以自己的想法下结论的我来说，是很困难的课题。想着想着，时间很快就过去了。

待我回过神时，已经黄昏了。结果我并没想出比昨天更具体的方式。普通人习以为常的事，对我来说都很困难。

我望向恭子同学，她满面泪痕、不断抽咽，桌上堆积着潮湿的面纸，手指夹在书的中间，正打算合上。我跟昨天的伯母一样说："后面还有。"

恭子同学本来已经哭累了,但看了遗书的部分,她把本子合起来,好像完全不在乎周围的人似的放声大哭。我只默默地守着恭子同学,就像昨天伯母守着我一样。恭子同学不断呼唤她的名字:小樱、小樱。

恭子同学哭得比我昨天要久多了。我望向她,她用流着眼泪的眸子望着我,跟以往一样,以充满敌意的视线。

"……为什么……"

恭子同学用沙哑的声音问道。

"为什么……没有……告诉我……"

"那是因为,她——"

"不是说小樱!是说你!"

出乎意料的愤怒声音让我说不出话来。恭子同学用好像要杀了我一般的尖锐视线和话语对我说。

"要是,要是你说了……我可以多跟她,多跟她在一起……我会退掉社团!我会退学!我会一直,跟小樱在一起……"

原来,是这样。

"……不能原谅。不管小樱有多喜欢你,觉得你有多重要,多需要你,我都不原谅你。"

她再度低下头,眼泪开始滴在地板上。我真的觉得,真的有一点儿觉得,我跟以前一样也无所谓,让她讨厌我也无所谓。但是我摇头。不行,这样不行。

我下了决心,对低着头的恭子同学说:

"对不起。但是……慢慢来也没关系,希望你能渐渐原谅我。"

恭子同学没有说话。

我压下紧张,勉强开口说:

"还有……如果可以的话……有一天……能跟我……"

恭子同学不肯看我。

"跟我做朋友。"

这辈子从来没有说过的话,让我的喉咙跟胸口都揪了起来。我极力调整呼吸,光是控制自己都忙不过来了,没有余力推想恭子同学的心情。

"……"

"不只是她的遗愿而已。是我自己选择的。我希望,跟恭子同学,做朋友。"

"……"

"不行吗……"

我不知道还能怎么请求。于是我没有说话。沉默笼罩了我们。

我从来没有这么紧张地等待任何人回应。我在身心都极度紧张的状态下,等待恭子同学的回答。恭子同学仍旧低着头,最后她摇摇头,隔了好几个小时第一次站起身来,连看也没看我一眼,就这样走了。

望着恭子同学的背影,这次换我垂下头来。

果然……不行啊……

我觉得是我的报应到了。我一直都不肯认可别人的报应。

"这实在,很难。"

我自言自语地说。但是我觉得,其实是对她说的。

我把桌上的《共病文库》收回包包里,处理掉两人制造的"垃圾山",走到天色已然变暗的室外。

此后该怎么办呢？我觉得自己好像被困在没有出口的迷宫里。在迷宫里可以看见天空。虽然知道迷宫之外另有天地，却出不去。

真是一个棘手的问题。大家平常都在解决这些问题，我觉得实在太厉害了。

我骑上自行车，踏上回家的路。

暑假马上就要结束了。

我的习题，果然还是没能在暑假前做完。

10

　　蝉声以咄咄逼人之势催促着我。

　　昨天，辅导课结束了，真正的暑假从今天开始。我踩着石阶坚持着往上爬。

　　烈日当空，今天特别热，头上的阳光和地面的反射毫不留情地袭来，我的T恤已经全湿了。

　　我并不是虐待自己，也不是在苦行。

　　"我一直都觉得，你太弱啦。"

　　那个女生走在前面，看着汗流浃背、气喘如牛的我，笑道。我不爽地想跟她争辩，但还是等冷静下来再说吧。我拼命急着往前。

　　"来，加油，加油。"

　　那个女生从容地拍着手说，带着不知是鼓励还是挑衅的表情替我加油。

　　终于赶上之后，我用毛巾擦汗，总算可以跟她辩解了。

　　"我可跟你不一样。"

"你不是男生吗？真丢脸。"

"我出身高贵，所以不用运动的。"

"不要小看高贵的人好吧。"

我从背包里拿出宝特瓶的茶，咕嘟咕嘟地大口喝。那个女生趁这当口又往前走了不少。我没办法只好跟上去。不久之后来到了一个视野开阔的地方。从这个制高点，可以将我住的小镇一览无遗。

"好舒服——"

那个女生张开双手叫道。的确，景致和风都让人很舒服。汗渐渐被风吹干了。我又喝了一口茶，重整气势。

"来，马上就到了。"

"哎哟，怎么突然精神起来啦。给你糖吃当奖励。"

"你们两个是以为我靠吃糖跟口香糖维生吗？"

我想起总是在教室问我要不要吃口香糖的朋友。

"没办法啊，我口袋里总是刚好有糖。给你。"

我心不甘情不愿地接过糖，放进口袋里。这是第几个了啊。

那个女生哼着歌，轻快地往前走。我跟在后面，简直像是要跟她较量一样勉强挺直脊梁。

本来是泥土的地面不知何时铺了石板。我们抵达目的地了。

我们在众多墓碑中找到一块。

"啊，春树负责浇水。去那边打水来。"

"我问两个问题可以吗？第一，除了浇水，还有别的要负责吗？第二，两个人一起去不好吗？"

"不要啰唆，快去。不是给了你糖吗？"

我虽然惊讶，但以她的个性，再跟她争论也没用。我默默地放下背包,走向附近的取水处。那里有很多水桶和水舀,我各取了一个,转开水龙头用水桶接水,然后回去找她。

她仰头望着天空。

"嗯,啊,辛苦了。"

"觉得我辛苦就帮忙啊。"

"因为人家出身高贵嘛。"

"是啦是啦。来,这边请。"

我把水桶和水舀递给她。她恭敬地接过,在面前山内家的墓碑上尽情泼水。石头上溅起的水花落在面颊上。墓碑反射着阳光,看起来充满神秘的氛围。

"喂,小樱,快起来!"

"我觉得水不是这样用的。绝对不是。"

她一直朝墓碑泼水,我这样告诫她,但她充耳不闻,把最后一滴都泼在墓碑上,爽快地流着汗,害得我有这是某种运动的错觉。

"对墓碑双手合十的时候,要发出声音吗?"

"通常都是安静地合十,但对她的话,可能发出声音比较好哦。"

我和那个女生并肩一起拍手,闭上眼睛,希望她能听到我们要说的话。

我们两个融洽地一起跟她说话。

合十了许久之后,我们几乎同时睁开眼睛,然后分别把带来的东西供在墓前。

"那就去小樱家吧。"

"好啊。"

"我跟阿姨会好好教训你的。"

"干吗，我完全想不出为什么要被教训。"

"我要教训你的点太多了，不知该从何说起呢。对了，首先是你已经三年级了，还混成这样，完全不读书。"

"这轮不到你来说，我够聪明所以不用念书啦。"

"这种话你也敢讲！"

她的吐槽融入了高高的蓝天。我回想起好一阵子没去的山内家。上次去的时候，第一次见到她哥哥，说上了话。

"这么说来，我第一次跟别人一起去她家。"

"这才是最需要说教的重点呢。"

我们享受着超级无聊又好玩儿的对话，一起把水桶和水舀拿回原处归还，接着再度回到墓前，跟她说："我们现在要去你家了。"然后沿着原路回去。从那条路回去有点儿辛苦，即使来到这里，也不过只是愉快地扯些有的没的，完全是白搭。

我跟来时一样，追着恭子同学的背影前进。

双手合十，闭上眼睛。
我的心意只属于我，因此，我将它献给你。
我希望你原谅我在此的思绪。
原谅我在此祈愿。
因为我这么没用，所以让我先抱怨一下。
一点儿也不简单，没有你说的、你感觉的那么简单。
跟别人来往一点儿也不简单啊。
好难，真的。
所以我花了一年的时间。虽然我也有责任。

但是，我终于自己选择来到了这里。这点希望你能称赞我。

我在一年前做出了选择。我要成为像你一样的人。

能够获得别人认可的人。能够爱别人的人。

我不知道自己是不是能成为这样的人，但至少我选择了。

我现在要跟你的好朋友——也是我第一个朋友的女生——一起去你家。

本来要是能三个人一起聚聚最好，但因为办不到，也就无可奈何了。那就等到天国再相会吧。

为什么我们两人一起去你已经不在了的家呢？因为那天我答应了令堂。

也太迟了吧？恭子同学也这么说。

我希望你听我解释。我一直都是一个人活过来的，所以搞不清楚到底怎样才算是朋友。

我觉得一定要跟恭子同学成为朋友，才能一起去你家。

我不知道怎样才算是朋友，所以就拿你跟我的关系当标准了。

从她说绝不原谅我的那天开始，我一步步地，真的一步步地，慢慢走上跟她成为朋友的道路。在我第一次走的这条路上，一向急性子的恭子同学非常有耐心地等待踟蹰的我，真的非常感谢她。不愧是你的闺密。当然我不会跟她说的。

就这样，最近终于和恭子同学一起去了我们一年前去的那个地方，虽然是当天来回了。那时我第一次跟恭子同学说了和令堂的约定，结果又惹她生气了，她骂我为什么不早说。

真是的，我的朋友性子真急。

给你的供品是那时买的土特产。

用学问之神所在之处的梅子制作的。

虽然你才十八岁,但特别允许你享用啦。我尝了一下,觉得十分美味。

要是你喜欢就好了。

恭子同学很好。你知道吗?

我也很好。比认识你之前好太多了。

你死的时候我这么想着。我是为了和你相遇才出生的。

但是,我不相信你是为了被我需要才出生的。

现在不一样了。

我们俩一定是为了在一起才出生的,我这么相信。

因为我们俩只有自己的话,并不完整。

因此,我们是为了互补而出生的。

最近我开始这么想了。

所以你不在了,我非得一个人自立自强不可。

我觉得这是我能为合而为一的我们所做的事。

我还会再来。我不清楚人死后的灵魂到底在哪里,所以我会到你家,对着你的照片再说一次。要是你没听到,我去天国时会跟你说。

那就下次见了。

……

啊,对了对了,你没发现我跟你撒了一个谎。

之前跟你说过的,说话总是加上"先生"的人,那完全是假的,是我编的故事。

因为你感动得要命,所以我才没告诉你真相。

真正的故事啊,下次见到你时再说吧。

要是真有像是我初恋的女生又出现了的话。

这次，或许真的可以吃掉她的胰脏了。

我们顶着仍旧毫不留情的阳光，走下闪闪发亮的白色阶梯。

走在前面的恭子同学晃动肩上背的社团用包包，哼着小曲。

我赶上兴高采烈的友人，猜了她在哼什么曲子。

恭子同学好像很不好意思似的用力拍了我的肩膀。

我笑着抬头望天，说出心中所想。

"我们都要幸福哦。"

"……什么啊，你是在跟我告白吗？去过小樱墓前之后？好恶心哦！"

"才不是呢。我的意义更深刻好吗？而且我跟那人不一样，喜欢比你文静的女生。"

我咧嘴一笑，挑衅地望向原谅了本来不会原谅我的那个女生。

啊，我立刻发现刚才自己失言了，但为时已晚。恭子同学对我说的话起了疑心，讶异地把头倾向一边。

"跟那人不一样？"

"对不起，别这样，等一下，刚才的不算。"

我很罕见地慌乱了起来。她望着我，稍微沉思了一下，然后嘴角非常讨人厌地往上扬，双手一拍。清脆的声音回响在附近的石头上。

我摇着头哀求她。

"真的，刚才是我漫不经心，拜托你不要……"

"要是春树有很多朋友，那我可能不知道是谁啦……哎……他呀……嗯……我以为他才比较喜欢文静的女生呢。"

我也这么以为，因为他是这么说的，但喜好可能会改变，他也可能没说实话，不管怎样都无所谓啦，总之，我在心里跟他道歉。对不起，下次我请你吃口香糖。

恭子同学"哎……""嗯……"了半天，又坏坏地笑起来。

"很高兴吗？"

"嗯，对啊，被人喜欢没有人不高兴吧。"

"那真是好消息。"

对漫不经心的我来说。

"但是要等考完试才要跟他交往。"

"你也想得太远了。我会跟他说的，这样他就会努力读书考试了吧。"

我们走下阶梯，一边你一言我一语地唇枪舌剑。

她一定在看着我们吧。

"哇哈哈哈哈。"

听见背后传来的笑声，我猛地转过头，差一点儿就扭到了。恭子同学也一样，然后压着脖子说："好痛！"

当然，我们背后没人。

风抚着我们汗湿的脸庞。

我和恭子同学四目相接，然后同时笑起来。

"这就去小樱家吧！"

"嗯，樱良在等我们。"

我们一边哇哈哈哈地笑着，一边走下长长的阶梯。

我已经，不再恐惧了。

全书完

文治

磨铁图书旗下子品牌

更好的阅读

出 品 人　沈浩波
特约监制　潘　良　于　北
产品经理　刘　烁　何青泓　苟新月
特约编辑　朱韵鸽
版权支持　冷　婷　郎彤童　李泽芳
营销支持　金　颖　黄筱萌　黑　皮
封面设计　尚燕平

关注我们

官方微博：@文治图书
官方豆瓣：文治图书
联系我们：wenzhibooks@xiron.net.cn